KB114626

현대무림
지존

현대 무림 지존 4

현윤 장편소설

초판 1쇄 찍은 날 § 2016년 12월 22일
초판 1쇄 펴낸 날 § 2016년 12월 29일

지은이 § 현윤
펴낸이 § 서경석

편집책임 § 최지원

펴낸곳 § 도서출판 청어람
등록번호 § 제387-1999-000006호
등록일자 § 1999. 5. 31
어람번호 § 제1-2593호

주소 § 경기도 부천시 부일로 483번길 40 서경B/D 3F (우) 14640
전화 § 032-656-4452 팩스 § 032-656-4453
http://www.chungeoram.com
E-mail § chungeorambook@daum.net

ISBN 979-11-04-91111-8 04810
ISBN 979-11-04-91013-5 (세트)

현윤 장편소설

FUSION FANTASTIC STORY

현대무림
지존

④

청어람
도서출판

차례

C O N T E N T S

현대무림
지존

제1장
흑막이 부서지다

늦은 밤, 도쿄 외곽 도로에 비가 내리고 있다.

쏴아아아아!

명화방의 7대 장로 다이스케 나루세가 차를 몰아 외곽 도로 갓길에 세웠다.

틱톡, 틱톡, 틱톡.

비상 점멸등을 켜놓고 서 있던 그의 뒤로 오토바이 한 대가 달려와 멈추어 섰다.

온통 새까만 색의 헬멧을 쓴 사내는 다이스케의 차 조수석 문을 열었다.

철컥!

"오랜만입니다."

"그러게 말일세."

사내는 헬멧을 벗고 자리에 앉아도 되는지 물었다.

"제가 좀 젖었습니다만⋯⋯?"

"괜찮네. 시트가 중요하나, 사람이 중요하지."

"감사합니다."

이탈리아 장인이 희귀종인 백색 물소를 직접 잡아서 악어 가죽과 함께 엮어서 만든 이 자동차 시트는 겉면을 감싼 재료 값만 무려 오천만 원이 넘는다.

그러나 다이스케는 차보다 사람을 더 중요하게 여기는 사람이었다.

"내가 부탁한 것은 가지고 왔나?"

"물론입니다."

사내가 건넨 것은 두꺼운 서류 뭉치와 사진 몇 장이었다.

다이스케가 서류와 사진을 몇 번 훑어보곤 당혹한 기색이 역력한 얼굴로 물었다.

"⋯정말인가? 이 안의 내용이 모두 사실이란 말인가?"

"믿기 힘드실 거라고 생각하긴 했습니다. 하지만 전부 사실입니다. 저 역시 조사하다가 깜짝 놀랐는데 장로님이라고 멀쩡할 것이라곤 생각지 않았습니다."

"이거야 원, 너무 충격적이라 말을 이을 수가 없군."

다이스케가 받은 서류 뭉치에는 다름 아닌 천태홍이라는 이름 석 자가 적혀 있었다. 그리고 서류 뭉치 앞에는 그의 얼굴이 담긴 사진이 붙어 있었다.

"이 세상에 그 어떤 누가 명화방주의 배신을 상상이나 했겠습니까?"

"그러게 말일세."

"뭐, 그렇다고 해서 그분께서 쌓아온 명성이 모두 다 무너진다고 말할 수는 없습니다. 분명 옳은 일도 많이 하셨으니 말입니다."

천태홍은 명화방의 복지 재단이 더 많은 일을 할 수 있도록 그 산하에 각종 계열사를 두어 그들을 보필하도록 하였다.

그 때문에 명화그룹은 전 세계 각지에 구호물자를 보내고 기아를 해결하는 데 앞장선 제대로 된 기업이 될 수 있었다.

또한 일본 내에서도 불우 이웃을 돕거나 자연재해를 입은 이재민들을 돕는 데 발 벗고 나서는 등 많은 공적을 세웠다.

이제 명화그룹은 일본에서 가장 명망 높은 기업으로서 칭송받게 된 것이다.

이 모든 업적을 세운 사람이 현재 방주인 천태홍이었다.

그는 분명 가장 이상적인 리더였으며, 지금도 그를 뛰어넘을 인재는 없다는 것이 지배적인 의견이었다.

하지만 지금 다이스케가 받은 자료는 그 모든 것을 부정하고 있었다.

　명화방의 배신, 천태홍은 그 엄청난 것을 아주 오래전부터 준비해 온 것이다.

　다이스케는 일단 이 엄청난 사실을 자신의 사제들에게 알리기로 했다.

　"…이 사실을 또 누가 아나?"

　"거기까진 알 수가 없습니다. 지나가다 들은 바론 명화자객단에도 프락치가 있어서 천하랑 장로님 귀엔 들어가지 않았다고 하더군요. 하지만 그분께서 이 사태에 대해서 알아채는 것은 시간문제입니다."

　그는 어떻게 해서든 사형제끼리 피를 보는 것만은 막고 싶었다.

　"당장 사제들을 만나서 대사형과 담판을 지어야 해. 그렇지 않으면 이사형이 대사형을 죽이고 새로운 방주를 그 자리에 앉히려 할 거야."

　"배신자보다는 그것이 방에게 도움이 되지 않겠습니까?"

　다이스케는 고개를 저었다.

　"피바람이 불어선 안 되네."

　"뭐, 장로님께서 그렇게 생각하신다면야 제가 왈가왈부할 입장은 아니지요."

"…고맙네."

"아무튼 저는 지금 이후로 입을 닫겠습니다. 그러니 당분간 찾지 마십시오."

"알겠네. 고마워."

"별말씀을요."

그는 차에서 내려 오토바이를 타고 사라져 버렸다.

*   *   *

오사카의 한 고저택으로 명화방의 7 대 장로 여섯 명이 모여들었다.

연꽃과 비단잉어가 가득한 정원의 연못 앞에 둘러앉은 장로들은 따뜻하게 덥혀진 술잔을 하나씩 잡고 있었다.

장로들 중 세 번째 서열인 케니치 하기와라가 입을 열었다.

"그러니까, 대사형께서 자기 집안이 명화방주 자리를 다 해 먹기를 바라고 있다는 소리 아닙니까?"

"…그런 셈이지."

"거참, 생긴 건 그렇게 안 생긴 양반이 하는 짓은 아주 기상천외하구려."

네 번째 서열 전칠기가 고개를 저었다.

"이대로는 안 됩니다, 삼사형. 차라리 그냥 이사형을 대사형

대신에 방주의 자리로 올려 버립시다."

"지금 당장 사형이 어디에 계신지도 모르는데 어떻게 우리끼리 판을 뒤집겠나?"

"하랑 사형께선 이 사실을 이미 알고 계실 것 같은데……."

"아닐세. 내가 듣기론 명화자객단에 프락치가 있어서 지금 이 사실이 사형께 조금 늦게 닿는 것 같아. 아마 뒤늦게 알아차리고 명화자객단 물갈이를 하시겠지만 지금은 아냐. 사형께서 대단한 사람인 것은 분명하지만 그렇다고 신은 아니잖아?"

"하긴, 하랑 사형도 사람은 사람이죠. 술과 담배를 아주 좋아하는."

7대 장로 중 막내인 쥬마루 마에카와가 조금 수줍은 미소를 지으며 말했다.

"그나저나 사형들, 저는 이렇게 사형들이 오랜만에 모두 모여 있으니 기분이 좋습니다."

"뭐?"

"허 참, 이런 속없는 놈 같으니."

어려서부터 성격이 유약하고 사형들을 참 많이 의지하던 쥬마루 마에카와는 여전히 20대 초반의 미소년과 같은 얼굴을 하고 있었다.

유난히도 감수성이 풍부하여 방의 중요한 일을 결정하는

장로의 자리에는 적합하지 않았으나, 서열상 어쩔 수 없이 장로가 된 쥬마루다.

그는 사형들의 타박에도 미소를 잃지 않았다.

"하랑 사형이 계셨더라면 더 좋았을 텐데……."

"이런 미친놈아, 지금 이 자리에서 회합을 따진다는 것이 말이 되느냐? 저놈은 어째 칠순이 되어도 그대로지?"

케니치의 독설에도 그는 여전히 웃고 있다.

"헤헤, 그래도 좋은 것을 어떻게 합니까?"

"후우, 사형들이 막내를 너무 오냐오냐했더니 정말 세 살 버릇이 여든까지 가게 생겼군."

케니치가 전칠기의 뒤통수를 때렸다.

따악!

"…사형, 제 나이가 벌써 팔순입니다. 뒤통수를 때리면 어쩌자는 겁니까?"

"맞을 짓을 했으니 맞아야지. 막내가 저렇게 개념이 없는데 도대체 사형이라는 놈들은 뭘 한 것이냐?"

"그거야 대사형께서……."

그는 입술을 짓깨물었다.

"젠장, 그 양반은 일이 이렇게 될 것을 미리 알고 막내를 과잉보호한 거야. 그러니 놈이 저렇게 유약해졌지."

다이스케는 자꾸 막내를 비하하는 케니치의 입을 막아버렸다.

"그만하게. 우리끼리 비난하면 어쩌자는 거야?"

"험험, 그건 그렇지만……."

"아무튼 이 일은 우리의 목숨이 달린 일일세. 어떻게 해서든 해결을 지어야 해."

"하지만 어떻게 말입니까? 하랑 사형이 없인 대사형을 꺾을 수 없어요. 매일 토굴에 처박혀서 상승무공이나 연구하던 그 괴물을 우리가 무슨 수로 이깁니까?"

사형제 중 여섯째인 와타루 시오타니가 다이스케를 바라보며 물었다.

"사형, 혹시 그와 대면하여 정면 돌파를 하시려는 겁니까?"

"에이, 설마……."

다섯째 임해상까지 고개를 내저었으나, 다이스케는 이미 심지를 굳혔다.

"그래, 그 설마다. 일단 대화로 풀 수 있다면 풀어봐야지. 어디서부터 그리 꼬였는지 몰라도 대화를 해보면 분명 길이 있을 거야."

"그것도 사람 나름이지, 대사형은 당최 말이 안 통하는 양반입니다."

다이스케는 차선책으로 무력시위를 준비하였다.

"만약 말이 안 통한다면 사형 없이 우리끼리 판을 엎자고. 자네들이 키운 자제들이 가진 세력이 있을 것 아닌가?"

"뭐, 그렇긴 하지요."

"해보세. 길고 짧은 것은 대봐야 알지."

장로들이 고개를 끄덕였다.

"그래요, 한번 해봅시다."

여섯 명의 사형제는 아주 오랜만에 의기투합하였다.

*　　　　*　　　　*

오사카의 고저택이 훤히 내려다보이는 빌딩 옥상에서 망원경으로 여섯 명의 사형제를 지켜보는 눈이 있었다.

그녀는 흥미로운 미소를 지었다.

"후후, 이게 무슨 일이야? 오사카 한복판에서 역적모의를?"

저들이 과연 무슨 얘기를 하는지 정확하게 알 수는 없으나, 이미 그녀는 다이스케가 회장 천태홍의 뒷조사를 했다는 정황을 파악해 두었다.

아마 지금 그녀가 천태홍에게 전화 한 통만 해도 저들은 오늘 초상을 치르게 될 것이다.

제아무리 장로들의 무공이 고강하다고 해도 명화방 전체와 싸워서 이길 수는 없기 때문이다.

하지만 그녀는 이 일을 조금 더 지켜보기로 했다.

그녀는 전화기를 들어 어딘가로 통화를 시도했다.

—예, 접니다.

"회합은 아직 없네요."

—회합이 없다······.

"아직까지 역적모의를 한 것은 아닌 것 같아요. 시일을 두고 조금 더 지켜보시죠."

—흠, 저들을 오래 살려두어서 좋을 것은 없는데.

"알아요. 그러나 당신이 후계 구도를 다지는 시간도 필요하니 조금 더 지켜보세요."

수화기 너머 사내가 조금은 냉소적으로 물었다.

—···내가 사생아라서 정권을 잡는 데 불리하다고 생각하는 겁니까?

"명화방에서 사생아가 뭐 그리 중요한가요? 어차피 저들 역시 피 한 방울 안 섞인 남인걸요."

—그렇다면 조금 더 고개를 숙이고 기다리라는 말을 하고 싶은 건가요?

"만약 당신이 내 조언을 들어준다면."

—흠.

"어떻게 하실 건가요?"

—일단 생각을 좀 해보겠습니다.

"그래요. 부디 좋은 결정 내리시길 바랄게요."

—고맙습니다.

"그럼 이만……."

전화를 끊으려던 그녀에게 남자가 불현듯 물었다.

―이봐요, 알마.

"말씀하세요."

―당신은 도대체 무엇 때문이 이 일을 하는 겁니까? 아쉬운 것 하나 없는 사람이 바로 당신 아닙니까?

"후후, 당신이 그걸 어떻게 알아요? 내가 아쉬운 것이 있는지 없는지 말이죠."

―나도 눈치라는 것이 있습니다.

알마는 실소를 흘렸다.

"후후, 뭐, 이 세상의 그 누구도 원하는 것 하나쯤은 있어요. 나 역시 그렇죠. 하지만 그것이 당신에게 있는 것은 아니에요."

―그럼…….

"적어도 당신을 도와주고 나서 호구 잡았다고 생각할 사람은 아니라는 소리죠."

―흠.

"그럼 전 이만."

전화를 끊은 알마는 미련 없이 돌아섰다.

*　　　*　　　*

정체를 알 수 없는 무인도 안.

쏴아아아!

장수원은 총 네 명의 사외이사를 찾아냈다.

그들은 고갈된 무공을 다시 회복하고 이 무인도를 빠져나가기 위해 임시로 오두막을 짓고 먹을 것을 축적해 두었다.

심각한 내상을 입어 당분간 운기를 할 수 없어 한 명이라도 진기를 운집시킬 수 있을 때까지 버티자면 얼마나 시간이 걸릴지 알 수가 없었던 것이다.

뚝딱, 뚝딱!

모아둔 음식을 보관하고 다듬기 위한 창고가 거의 다 지어졌다.

비지땀을 흘려가며 오두막을 짓고 창고까지 다 지어놓으니 꽤 아늑한 공간이 조성되었다.

그러나 이 아늑한 공간 속에서도 이들은 웃을 수가 없었다.

"과연 지금쯤 명화방은 어떻게 되었을까요?"

"주원이가 부회장직을 물려받아서 운영되고 있을 수도 있고, 그렇지 않다면……."

"혼란이 야기되었겠지요. 원래 명화방이라는 곳 자체가 일률적인 혈통으로써 유지되는 집단이 아니지 않습니까?"

"흐음."

명화방은 수많은 계파와 종파가 있기 때문에 한 번 당파 싸움이 일어나면 그것을 걷잡을 수가 없게 되어버린다.

그나마 7대 장로 중에서도 천하랑이 배후에서 든든히 자리를 잡고 있으니 망정이지 그렇지 않았다면 지금쯤 명화방은 멸문은 맞았을지도 모른다.

지금껏 수많은 사람들이 명화방의 이러한 후계 구도에 대해서 수도 없이 많은 의문을 품었으나 장로들은 이것을 철칙으로 삼아왔다.

만약 장로 중 누군가 한 명이라도 반기를 들었다면 아마 후계 구도는 한 집안으로 굳어졌을지도 모른다.

"어찌 되었든 간에 지금 우리가 알 수 있는 것은 아무것도 없습니다. 일단 내상부터 치료한 후에 배를 만들어 이곳을 탈출합시다."

"그래요, 그게 좋겠습니다. 인근에 비행기 파편이 떠다니는 것을 보면 한국까지 그리 멀지 않을지도 몰라요. 운이 좋다면 이 근방에서 비행기 부품을 구해서 외부와 연락을 취할 수도 있고요."

가만히 동료들의 얘기를 듣고 있던 사외이사 공지철이 어렵기 입을 뗐다.

"…있잖습니까."

"……?"

"우리가 이곳에 떨어져 내린 것이 어쩌면 우연이 아닐지도 몰라요. 계획된 사고일 가능성이 높아요."

"그게 무슨 말씀이십니까?"

"얼마 전 제가 여러분에게 차마 말씀드리기 힘든 사실을 알게 되었습니다."

장수원이 하던 일을 멈추고 그에게 집중하였다.

"말씀해 보시지요."

"…사실은 회장님께서 최근 조금 이상한 행동을 보이셨습니다."

"으음."

"다들 잘 아실 겁니다. 갑자기 안 하던 출장 준비를 하시지를 않나, 무턱대고 자리를 비우시지를 않나."

"하지만 회장님께선 원래 자유롭게 이곳저곳 떠돌아다니면서 사시지 않습니까?"

"그렇긴 하지만 업무 때문에 출장을 자주 다니시지는 않았지요. 그럴 것 같으면 우리와 같은 사외이사가 왜 있겠으며 지부장이나 본부장은 왜 있겠어요?"

"하긴, 그건 그렇군요."

"결정적으론 총괄이사와 부회장님께서 계신데 회장님이 직접 움직이실 필요는 전혀 없지 않습니까?"

장수원은 일단 그의 말에 수긍하고 보았다.

"그래요. 그건 확실히 공 이사님의 말이 맞습니다."

공지철은 장수원에게 조금 미안한 표정을 지었다.

"그래서 제가 회장님을 미행해 봤습니다."

"……?"

사외이사는 그룹에서 아주 중요한 부분을 담당하는 사람들이다.

비록 직접적으로 경영에 관여하지는 않지만 그룹의 또 다른 시각에서 회사를 바라보기 때문에 수많은 계파가 존재하는 명화방이 올바른 길로 가도록 인도하게 된다.

공지철은 그중에서도 상당히 판단력이 좋고 성격이 올곧은 사람이었다.

장수원은 그런 그가 회장을 미행했다는 것은 분명 뭔가 대단한 일이 숨겨져 있을 것이라 확신했다.

"회장님께 무슨 일이 있었습니까?"

"최근 몇 달 사이에 회장님의 개인 계좌에서 500억이 인출되었습니다. 그리고 그 돈으로 스피커 회사와 자동차 부품 회사를 인수했지요."

사외이사들이 고개를 갸웃거렸다.

"그 정도 규모의 회사를 인수해서 무엇하려고요?"

"두 회사를 인수해서 합병시켰습니다. 그리고 그 회사를 '아델트 컴퍼니'로 새롭게 출범시켰지요."

"인수, 합병을 통하여 만들어진 새로운 회사라……."

"아마도 모두 이 회사가 왜 생겨난 것인지 궁금할 겁니다."

그는 막대기로 바닥에 그림을 그려 나갔다.

슥슥.

바닥에 아델트 컴퍼니와 명화방, 그리고 영국계 회사 웨스턴햄스를 그린 그는 그 옆으로 와룡기획과 애니엘 파이넨셜까지 그려놓았다.

사외이사들이 고개를 갸웃거렸다.

"이게 다 뭡니까?"

"잘 보세요. 이들에게 어떤 상관관계가 있는지 말입니다."

그는 첫 번째로 아델트 컴퍼니와 명화방을 한 줄로 이었다. 그리고 그것을 와룡기획과 연결시켰다.

"아델트 컴퍼니는 사실상 명의와 등기만 있고 실체는 없는 페이퍼 컴퍼니입니다. 이것은 무엇을 뜻하느냐 하면 명화방의 회장이 불법으로 유령 회사를 설립했다는 소리입니다."

"……!"

"그리고 이 회사를 통해서 와룡기획의 페이퍼 컴퍼니 네 곳이 인수됩니다. 그 인수 과정에서 500억대의 돈이 동원되지요. 즉 와룡기획으로 명화방의 돈이 흘러갔다는 얘기지요."

장수원과 사외이사들은 입을 떡 벌리고 말았다.

"그, 그건 회장님이 와룡기획에게 돈을 보내주었다는 소리

아닙니까?"

"맞습니다. 저도 처음엔 이 사실을 믿을 수 없었습니다. 분명 뭔가 사정이 있을 것이라 생각했지요. 그런데 조금 더 조사해 보니 애니엘 파이넨셜에서 아델트 컴퍼니에 대출을 해주고 그것을 웨스턴햄스로 보냈습니다. 도대체 이들이 무슨 상관이 있는지 모르겠습니다만, 아무래도 돈세탁의 냄새가 나요."

"도대체 와룡기획으로 왜 돈을……."

장수원이 딱딱하게 굳은 표정으로 말했다.

"우리가 중국으로 오기 전, 와룡기획에서 지원이를 해친 정황이 드러났습니다. 그렇다는 것은 와룡기획이 어쨌거나 우리의 적이라는 소리죠."

"허, 허어!"

"…도대체 어째서 회장님께서 그런 짓을 하셨을까요?"

"뭐, 지금 당장 확인할 수 있는 것이 아무것도 없으니 속단하긴 힘듭니다. 하지만 회장님께서 떳떳하지 못한 일을 했다는 것은 자명한 사실입니다."

"흠……."

이윽고 장수원은 또 한 가지 사실에 대해서 직고하였다.

"사실 제가 마지막으로 비행기에서 낙하산을 펼쳐 뛰어내리는 미현이를 보았습니다."

"……!"

"자신의 살 길을 찾는다고 하던데, 그 아이도 이 일과 관련이 있을까요?"

"그럴 수도 있지요. 원래 박미현 이사는 장희원 사외이사의 제자이기 전에 천태홍 회장님께서 고아원에서 데리고 온 아이 아닙니까? 명화방이 비록 자선사업을 많이 한다고 해도 회장님께서 직접 아이를 데리고 와서 자신의 제자에게 제자로 들이라고 소개시킨 것은 그때가 처음이었지요."

"그러니까 처음부터 계획된 일이었단 말입니까?"

"만약 그렇다면 회장님은 이 일을 수십 년 동안 계획한 것이지요."

이사들은 고개를 저었다.

"에이, 설마……."

"그렇게까지 멀리 갈 필요가 있겠습니까? 아무렴 우리 명화방의 근간이신데."

장수원은 고개를 푹 숙였다.

"…근간이 흔들린다면 어떤 일이 벌어져도 이상하지 않지요."

공지철은 일단 이 분위기를 수습하기로 했다.

"아무튼 지금 우리가 알 수 있는 사실은 없어요. 어서 빨리 내공을 회복하고 일본으로 돌아가는 것이 최선입니다. 그때까

진 아무런 생각도 하지 맙시다. 괜히 망상만 더 커지고 말 테
니까요."

"…쉽지는 않겠지만 노력은 해봅시다."

다소 심란하긴 하지만 이들은 무공의 고수들이다.

정신일도 하사불성, 이곳을 나가서 잘못을 바로잡기 위해
맹목적으로 집중할 수 있는 능력을 가졌다는 소리다.

이들은 묵묵히 할 일을 끝마치고 운기조식에 들어갔다.

$$* \qquad * \qquad *$$

영국의 선술집 '소나기'에 때 아닌 폭발음이 작렬한다.

콰앙!

폭발음과 함께 술집 벽이 무너져 사방으로 튀었다.

태하는 먼지가 자욱한 벽의 파편 속에서 빠르게 쇄도해 나
갔다.

파밧!

그는 먼지 사이로 보이는 거대한 실루엣에게 주먹을 뻗었
다.

"백호, 태풍권!"

휘이이이잉!

태하의 주먹에서 뻗어 나온 진기의 소용돌이가 작은 점으

로 모여들어 괴인의 머리통으로 날아들었다.

그러자 괴인의 머리통이 조각조각 뜯겨 사방으로 튀었다.

푸하아악!

하지만 그럼에도 불구하고 괴인은 여전히 도끼를 휘두르며 태하를 위협했다.

부웅!

"…괴물 같은 새끼!"

황급히 뒤로 신형을 흘린 태하는 자신의 바로 앞으로 떨어지는 도끼를 바라보았다.

콰아앙!

도끼질 한 번에 콘크리트 벽이 무려 1미터 이상 안으로 들어가 버렸다.

한마디로 도끼질만으로 거의 고폭탄과 맞먹는 폭발을 일으킨 것이나 마찬가지였다.

태하는 괴인들의 저 엄청난 신체 능력이 도대체 어디서 온 것인지 이해를 할 수 없었다.

"정체가 뭐야? 어디서 저런 괴물들이……."

"아마 인간과 몬스터 사이에 뭔가 이상한 실험을 한 것이 확실합니다."

잭은 저 괴인들이 생체 실험으로 인해 태어났을 것이라 생각했다.

그것은 태하 역시 마찬가지였다.

"그래요, 그게 가장 유력한 가설인 것 같군요."

"저놈들, 이제는 정말 별짓을 다 하는군요."

레지나, 혹은 레이첼이 태하를 바라보며 말했다.

"자꾸 우리에게 괴인이라는 소리를 해대면 기분이 썩 좋지 않아. 괴인이 아니라 신인류라고 해두지."

"…미쳤군. 사람을 괴물로 만들어 버렸으니 그게 괴인이 아니면 도대체 뭐란 말인가?"

"우리는 진보한 인류다. 이제 너희와 같은 하바리 무인들은 우리의 발아래 엎드려 절을 하게 될 것이란 말이다."

"꿈도 야무지군."

사실 태하가 마음만 먹으면 이곳에 있는 괴인들 쯤이야 손도 안 대고 죽일 수 있었다.

하지만 이들 중 하나를 사로잡아 샘플로 삼아야 하고, 저 레이첼이라는 악녀와 그 동료를 사로잡자면 함부로 검을 휘두를 수가 없었다.

만약 죽이는 것이 목적이었다면 이미 이곳은 피바다가 되고도 남았을 것이다.

태하는 머리가 없는 채로 도끼질을 하는 사내의 몸에서 이내 머리가 돋아나는 것을 발견했다.

뚜두두두둑!

"으허!"

"허, 허억!"

잘린 머리가 다시 자란다는 것은 아무리 생각해도 이해가
안 가는 장면이었다.

도대체 저놈은 어떻게 해야 죽는단 말인가?

"…도마뱀인가?"

"신인류는 쉽게 죽지 않는다. 진화의 최종 형태라고 볼 수
있지."

잭은 저것이 가능한 이유에 대해서 어렴풋이 알 것 같았다.

"트롤의 유전자를 줄기세포에 심은 겁니다. 거기에 도마뱀
의 것도 조금 섞었겠지요. 트롤은 머리가 잘려도 그것을 잘
이어붙이기만 하면 다시 살아납니다. 도마뱀은 신체의 일부가
잘려도 다시 자라나고요. 그게 서로 융합되었다면 아주 불가
능한 얘기도 아니죠."

"오호, 꽤 머리가 좋군."

태하는 만약 이것이 악용된다면 과연 무슨 일이 벌어질지
너무나도 끔찍했다.

그는 청야성이라는 집단이 아주 악독하면서 능력을 이상한
쪽으로 사용한다는 생각이 들었다.

"그런 좋은 것들을 인류 발전에 사용한다면 얼마나 좋겠나?
고작 그런 괴인들을 만들어내는 것 말고."

"신인류가 탄생하게 되면 인류는 한 단계 진화하게 된다. 그게 바로 인류 발전이 아니면 뭐란 말인가?"

"…말이 안 통하는군."

태하는 이들을 사로잡지 못할 것이라면 몽땅 죽이는 것이 낫겠다 싶었다.

"그래, 일이야 어찌 되었든 간에 살아 있으면 안 될 놈들은 죽어야겠지."

그는 검을 뽑아 들었다.

챙!

바로 그때였다.

탕탕탕탕!

그녀들의 뒤로 총탄이 쏟아져 돌연변이 열명의 온몸이 벌집이 되어버렸다.

"끄아아아아아앙!"

"이건 또 무슨……?"

레이첼은 심장이 꿰뚫려 파란색 진액을 흘리고 있는 돌연변이들을 바라보며 이를 악물었다.

"베트릭?!"

잠시 후, 허물어져 버린 벽이 아예 뜯겨 나가며 한 사내가 들어섰다.

"…이름 바꿨다. 베릭스라고 불러다오."

"변절자!"

대략 40대 초반으로 보이는 베릭스가 태하를 바라보며 물었다.

"당신이 KP그룹의 총수요?"

"그렇습니다만."

"나는 강화수의 친구요."

태하는 그제야 이 사람의 정체에 대해서 알 것 같았다.

"아아! 실종되었다던 그 친구가 바로……."

"그래, 바로 나요."

베릭스는 권총으로 그녀들을 겨누었다.

철컥!

"저년들은 산 채로 잡아서 데리고 갈 수 있는 그런 년들이 아니요. 죽일 수 있다면 이 자리에서 죽이는 것이 좋을 것이외다."

"그럼 그럽시다."

태하는 손가락을 튕겼다.

따악!

그러자 사방에서 인령진이 쏟아져 들어왔다.

—깡, 깡!

금강석 인형들이 일제히 화살을 쏘아냈다.

핑핑핑핑핑!

화살에는 청룡 천일뇌격의 구결이 담겨 있어 그녀들은 화살에 맞지 않아도 새까만 재가 되어버릴 것이다.

우우우웅, 쫘지지지지직!

하지만 놀랍게도 그녀들은 뇌전의 일부를 흡수하여 그것을 땅으로 흘려보냈다.

"끄아아아아악!"

촤라라라락!

덕분에 일부 충격에서 벗어난 그녀들은 뒤로 신형을 돌리려 하였다.

그러나 금강석 인형들은 바보가 아니었다.

피융!

화살은 발사 속도가 생각보다 빠르기 때문에 한 발을 막아냈다고 해서 끝날 문제가 아니었다.

금강석 인형들은 계속해서 화살을 쏘아냈고, 그녀들은 속수무책으로 벌집이 될 수밖에 없었다.

퍽퍽퍽퍽퍽!

"쿨럭쿨럭!"

"…이런 개자식! 반드시 죽여주겠다!"

"뭐, 그럴 능력이 있다면 그렇게 해보시던가."

금강석 인형들의 화살에 맞고도 아직 죽지 않았다는 것이 놀라웠으나 놀라움은 놀라움일 뿐이다.

태하는 그녀들의 머리를 주먹으로 후려쳐 버렸다.

빠악!

결국 그녀들은 축 늘어진 채로 기절했다.

"운이 좋았습니다. 간신히 급소를 피해갔어요."

"이들 역시 돌연변이요. 지금 데리고 가서 포박하지 않으면 다시 되살아날 것이오."

"잘 알겠습니다."

태하는 그녀들을 인령진으로 만든 수갑과 쇠사슬로 꽁꽁 묶어 데리고 갔다.

제2장
난리

늦은 밤, 명화방의 3장로인 케니치 하기와라가 삿포로의 한 술집에 앉아 있다.

떵디디디딩!

일본 엔카가 울려 퍼지는 삿포로의 선술집에는 꽤 나이가 많은 노인들과 중장년의 여성들이 즐비해 있었다.

케니치 하기와라는 이 중에서도 꽤 어린 축에 속해 보였으나, 사실 그 속은 여든도 넘은 노인이었다.

그는 술집 주인인 중년 여성에게 술잔을 건넸다.

"한 잔 더."

"네."

케니치는 지금껏 40년이 넘도록 이 술집의 단골인데, 술집 주인과는 30년째 알고 지낸 사이였다.

어머니에게 술집을 물려받아 50대까지 계속 이곳을 운영해 온 그녀는 케니치의 몇 안 되는 지인이었다.

워낙 성격이 괴팍하고 직설적인 케니치의 주변에는 사람이 별로 없었다.

하지만 그녀만큼은 그의 괴팍함을 다 들어주고 가슴속의 상처를 어루만져 주곤 했다.

그는 얼음이 둥둥 떠다니는 술잔을 바라보며 말했다.

"이봐, 마담."

"네."

"자네는 나에게 왜 잘해주나?"

그녀는 실소를 흘렸다.

"갑자기 왜 그러세요? 왜 안 하던 질문을 하고 그러시지?"

"…그냥. 내 성질이 보통 개떡 같아야 말이지. 이런 성격을 30년이나 받아주면서 살아온 당신도 참 대단하다는 생각이 들어서 말이야."

마담은 그의 질문에 질문으로 답했다.

"그럼 케니치는 왜 30년 동안이나 나를 찾아왔어요?"

"예쁘니까."

"후후, 거짓말이라도 듣기는 좋네."

"진짠데."

"뭐, 예전에는 나도 나쁘지는 않았죠. 하지만 이젠 다 쭈글쭈글해져서 인기도 없어요. 그냥 길거리에 널린 흔한 중늙은이라고요."

"알아."

"그런데도 내가 예뻐서 찾아온다고요?"

"사람은 쉽게 안 변해."

그녀는 참 적응이 안 된다는 듯 어색하게 웃었다.

"오호호, 오늘따라 말이 너무 예뻐서 웃음이 나네요. 오늘 정말 왜 이러세요? 어디 멀리 떠나기라도 하시나요?"

"아니, 그런 것은 아니야. 그냥 물어보고 싶었어."

고분고분 대답하던 케니치가 곧장 인상을 찡그렸다.

"…그나저나 이 아줌씨가 왜 하라는 대답은 안 하고 헛소리만 지껄여? 내 질문이 그렇게 어려웠나? 글로 자세히 써줘?"

"후후, 이제야 좀 당신 같네요."

그녀는 테이블에 양팔을 겹쳐 올리고 그 위에 턱을 받쳤다.

"흠……."

찬찬히 그를 뜯어보는 마담의 얼굴이 케니치의 눈동자에 비쳤다.

조막만 한 얼굴에 오밀조밀하게 모인 눈, 코, 입이 시원시원하고 또렷해서 마치 동화에 나오는 여주인공을 보는 것 같은 느낌이 들었다.

케니치는 그런 그녀를 볼 때마다 한마디씩 하곤 했다.

"여전히 올리비아 핫세가 생각나는군."

"…참, 갑자기 그렇게 한 번씩 툭툭 내뱉는 말이 매력적이에요. 그래서 30년 동안 질리지 않은 것인지도 몰라요."

"그건 또 뭔 소리야?"

그녀는 실소를 흘렸다.

"후후, 몰라도 돼요. 아니, 그냥 모르는 편이 나을 것 같아요."

"…또 헛소리군."

케니치는 술잔을 놓고 자리에서 일어섰다.

"그만 마셔야겠어."

"가시려고요?"

"안 가면, 자네 옆에서 재워주게?"

"후후, 못 할 것도 없죠."

그는 특유의 부드러운 미소를 지었다.

"훗, 마음에도 없는 소리."

항상 딱딱하던 그의 얼굴에 미소가 지어지니 마치 딴 사람을 보는 것 같았다.

케니치가 테이블에 돈을 올려놓고 돌아섰다.

딸랑!

문을 열고 나간 그의 뒤통수에 대고 그녀가 살며시 읊조렸다.

"…진짠데."

*   *   *

후쿠오카의 오래된 료칸에서 다이스케 나루세가 정갈한 자세로 술을 마시고 있다.

그런 그의 곁으로 한 여자가 다가왔다.

"장로님, 방주님께서 오셨습니다."

"그렇군."

그는 자리에서 일어나 천태홍을 맞이했다.

천태홍은 자신을 기다리며 벌써 한잔 마신 사제에게 웃으며 말했다.

"자네가 어쩐 일인가? 나에게 대작을 다 하자고 청하고 말이야."

"가끔은 괜찮지 않습니까? 저와 사형이 워낙 교류가 없었어야지요."

"하하, 그랬나?"

"우리가 사형제이긴 합니다만, 대사형께선 항상 바쁘셨지요.

그래서 저희들이 친해질 겨를도 없었습니다. 아마 대사형과 우리 사형제들의 나이 차이가 꽤 많이 나서 그랬는지도 모릅니다."

"그랬나? 나는 나이 차이를 잘 느끼지 못했는데, 자네들은 아니었던 모양이군."

"격세지감입니다. 이제는 나이가 차서 같이 늙어가는 처지라 과거의 그 느낌을 잊으신 것이겠지요."

"그렇군."

다이스케는 천태홍에게 술잔을 건넸다.

"한 잔하시죠."

"그래, 자네가 주는 잔인데 받아야지."

사제의 잔을 받은 천태홍이 먼저 잔을 비웠다.

꿀꺽!

그러자 다이스케가 그의 잔을 채우곤 뒤늦게 술잔을 비웠다.

천태홍은 그런 다이스케의 잔을 채워주며 물었다.

"그나저나 이곳 후쿠오카까지 나를 불러낸 이유가 무엇인가? 술이야 도쿄에서 마셔도 되는 것 아닌가?"

"대사형께 긴히 드릴 말씀이 있어서 이곳까지 왔습니다. 조금 먼 길을 왔다고 해서 언짢게 생각은 마십시오."

"하하, 내가 왜 언짢겠나? 내가 그렇게 옹졸한 놈으로 보이나?"

"그런 것은 아닙니다. 그냥 대사형께 격식을 조금 차리고 싶었을 뿐입니다."

천태홍이 고개를 갸웃거렸다.

"자네, 오늘 참 이상하군. 우리 사형제들이 원래 이 정도 사이였던가? 난 자네들과 최대한 허물없이 지내려고 노력한 것 같은데 내 착각이었는가?"

"아니요. 그렇지 않습니다. 사부님께서도 우리를 허물없이 대하셨는데 대사형이라고 달랐겠습니까?"

"그럼⋯⋯."

"대사형께 사제로서 드리기 힘든 말을 드리려고 독대를 청한 겁니다. 그렇다 보니 자꾸 말을 돌리게 되더군요. 그래서 이곳까지 온 겁니다."

천태홍은 미소를 지었다.

"참, 우리끼리 이 나이 먹고 못 할 말이 있던가? 자네도 정말 세월은 못 비켜가는군."

"모두가 그렇지요."

그는 천태홍에게 사진을 몇 장 건넸다.

"제가 드릴 말씀은 바로 이것에 대한 겁니다."

천태홍은 다이스케가 건넨 사진들을 받곤 표정이 서서히 굳어져 갔다.

"…자네, 언제부터 알고 있었나?"

"의심을 한 것은 좀 됐습니다. 하지만 확신을 가진 것은 얼마 안 되었습니다."

"하랑도 이 사실을 알고 있나?"

"이사형은 이 사실을 모릅니다."

"흠."

사제에게 자신의 치부를 들킨 천태홍의 얼굴에 벌써부터 수심이 가득했다.

그러나 그는 결코 위축되는 법이 없었다.

"그래, 이제 와서 새삼 숨길 것도 없네. 내가 사생아에게 그룹을 물려주려고 마음을 먹었었네."

"…왜 그러셨습니까? 사부님의 말씀처럼 그룹에서 가장 뛰어난 자에게 방주의 자리를 물려주기로 했잖습니까."

"세월이 사람을 변하게 만들더군. 제아무리 목석같은 사람이라도 60년 세월을 비켜갈 수는 없다네. 자네들이 치열하게 인생을 살아온 만큼 나 역시 그렇게 살아왔어. 그런데 내가 죽어서 나에게 남는 것이 뭐가 있겠나?"

"명화방주의 이름이 있겠지요."

"그 이름 뒤엔? 그 이름 뒤엔 도대체 나에게 남는 것이 뭐가 있겠냔 말일세."

다이스케는 이를 악물었다.

"…그렇다고 애지중지 키운 제자들을 그리 허무하게 보내셨습니까?"

"어쩔 수 없었어."

"옛말에 군주와 스승과 아버지는 하나라고 했습니다. 그렇다는 것은 신하와 아들과 제자는 하나라는 뜻과 같습니다. 제자를 아들처럼 여기는 것이 사람의 도리이거늘 대사형께선 사람의 탈을 벗으신 겁니까?"

"나를 패륜아라고 손가락질해도 상관없어. 이미 제자 세 명을 저세상으로 보내 버렸으니."

"……"

"하지만 말일세, 난 그 아이들을 진심으로 사랑했네. 이 세상에 깨물어서 안 아픈 손가락이 있던가? 그렇지만 유난히 아픈 손가락은 있는 법이야. 그 아이들은 이 세상의 모든 것을 다 가졌지만 내 사생아 아들은 그렇지 않아. 그 아이는 이 세상의 쓴맛만 보면서 살아왔단 말일세."

"그렇다면 대화로 충분히 풀 수도 있던 문제 아닙니까? 수원이나 주원이, 희원이가 도통 말이 안 통하는 아이들도 아니고."

"알지."

그는 검을 뽑아 들었다.

스롱!

"하지만 하랑이나 케니치는 내 말에 고분고분 따르지 않을 걸세. 그 아래 다른 사제들 역시 하랑을 따르지 나를 따르지는 않을 것 아닌가? 그 대쪽 같은 하랑이 내가 사부님의 유지를 어긴 것을 눈치챈다면 내 아들이 살아남을 것 같아? 천만의 말씀."

"아무리 그렇다고 해도 이젠 업어 키운 사제까지 치겠다는 말입니까?"

"속으로 낳은 자식도 죽였네. 형제라고 못 벨 것은 없지."

유난히도 제자들을 아끼던 천태홍의 심정이야 찢어지겠지만, 다이스케는 그것을 결코 이해할 수 없었다.

"자네도 그 아이들을 따라서 눈을 감아주게."

"그래요, 눈을 감지요. 하지만 그냥은 못 가겠습니다."

챙!

다이스케 역시 검을 뽑아 들었다.

그러자 두 사람의 주변으로 엄청난 기류가 맞부딪쳐 소용돌이를 일으키기 시작했다.

휘이이이잉!

잔잔하던 료칸의 정취가 삽시간에 긴장감으로 가득 차버렸다.

*   *   *

다이스케가 천태홍을 찾아갈 무렵, 케니치는 명화금융의 재무이사 왕기철을 찾아갔다.

왕기철은 다이스케가 젊은 시절에 거둔 제자였다.

그는 사숙이 찾아왔다는 소식을 듣자마자 하던 일을 접고 버선발로 달려 나왔다.

"사숙 오셨습니까?"

"그래."

"참, 이 사질을 부르시지 뭣 하시려 직접 이곳까지 오셨습니까?"

"내가 두 다리 멀쩡한데 바쁜 사람 오라 가라 할 정도로 꼰대는 아니다."

"사숙도 참……."

왕기철은 어려서부터 케니치에게 가끔 권법을 사사해 그와는 거의 사제 지간이나 다름없었다.

케니치가 왔다고 오늘 스케줄을 통으로 다 비워 버린 왕기철은 그를 술집으로 모시려 했다.

"사숙, 가시죠. 제가 좋은 술집을 봐놓았습니다."

"아니다. 오늘은 술을 마실 수 없을 것 같아."

왕기철이 서운한 표정을 지었다.

"아아, 바쁘신 모양이군요. 제가 괜히……."

"아니다. 그런 것이 아니고 네 사부님의 전언을 내가 직접 전하기 위해 온 것이니라. 그러니 술은 나중에 기회를 봐서 마시자꾸나."

"그렇군요. 저는 또 제가 무리해서 억지로 모시려는 줄 알았습니다."

"녀석, 별걱정을 다 하는구나."

케니치는 왕기철의 집무실을 둘러보며 말했다.

"이곳은 방음이 완벽히 되겠지?"

"물론입니다. 아무도 우리 둘 얘기를 듣지 못할 겁니다."

그제야 케니치는 안심하고 얘기를 꺼냈다.

"잘 들어라. 시간이 없어서 길게 얘기는 못 한다."

"무슨 큰일이라도 있는 겁니까?"

"지금 네 사부가 회장님과 독대를 하고 있다. 아마 지금쯤이면 칼부림이 났을지도 모르지."

순간, 왕기철의 표정이 와락 일그러졌다.

"카, 칼부림이 나다니요? 세상에 대사형과 칼을 겨누는 경우는……."

"그래, 보통의 사형제라면 칼을 겨누지 않겠지. 하지만 네 사백이 저지른 일에 대하여 전해 듣고 나면 그런 소리는 절대로 못 할 것이다."

그는 사질에게 몇 장의 서류와 사진을 건넸다.

"읽어보아라."

"예, 사숙."

왕기철은 도대체 뭐가 어떻게 된 것인지 몰라서 어리둥절했으나 사숙의 말에 사족을 달 수가 없었다.

그러나 천천히 서류를 읽어 내려가던 왕기철의 눈이 점점 커졌다.

"어, 어어……?!"

"잘 보았느냐?"

"이, 이게 사실입니까?! 방주님께서 우리 사문을 배신한 겁니까?!"

"그렇다. 네 사부께서 대사형과 담판을 짓는다고 가셨지만 원활하게 끝나지는 않을 거야. 아마 대사형의 고집을 꺾지 못할 것이거든."

"세상에……."

"그래서 말인데, 네가 해야 할 일이 몇 가지 생겼다."

"예, 사숙. 분부만 내리십시오."

"지금부터 너는 우리 사형제 문하의 모든 세력을 운집시키고 그들에게 대의명분에 대해서 잘 설명하여라. 그리고 제일 장로님께서 돌아오시게 되면 명화자객단과 함께 반역도들을 처단해야 한다. 알겠느냐?"

"예, 알겠습니다."

"또한 너는 지금부터 명화그룹의 공무를 접고 명화금융 안에 있는 첩자부터 잡아들이거라. 아무래도 회장과 내통하여 와룡기획과 줄을 댄 놈이 명화금융에 있는 것 같아."

"흠, 그렇지요. 제 생각에도 그렇습니다."

"만약 첩자를 잡는다고 가정한다면 과연 얼마나 걸리겠느냐?"

"오래는 안 걸릴 겁니다. 왜냐하면 그놈들은 이미 움직이고 있을 테니까요. 만약 회장님께서 일을 치르시기로 마음먹었다면 그놈들이 가만있지 않을 겁니다."

"그래, 네 말이 맞구나."

왕기철은 한숨을 푹 내쉬었다.

"후우, 하필이면 천하랑 사백께서 안 계실 때 이런 일이 벌어지다니……."

"어쩔 수 없다. 사형이 안 계신다고 해서 가만히 앉아서 당할 수만은 없지 않느냐?"

"맞습니다. 이렇게 당할 수는 없지요."

두 사람이 한창 애기를 나누고 있을 무렵, 밖에서부터 뭔가 소란스러운 소리가 들려온다.

쿵, 쿵, 쿵, 쿵!

케니치가 고개를 갸웃거렸다.

"무슨 소리냐? 공사라도 벌이는 중이더냐?"

"아니요. 그게 아니고……"

바로 그때, 왕기철의 손이 독공을 뻗었다.

피융!

순간, 케니치가 검을 뽑아 독이 묻은 단검을 막아냈다.

팅!

"……!"

그러나 케니치는 단검과 함께 뻗어 나온 침은 막아내지 못했다.

케니치는 내상과 주화입마를 유도하는 천상혈화를 맞아 기혈이 뒤틀리고 말았다.

"쿨럭쿨럭!"

푸하아아악!

그의 입으로 엄청난 양의 피가 쏟아져 내렸다.

케니치는 믿을 수 없다는 표정으로 사질을 바라보았다.

"네, 네놈이 어찌 사부를 배신하고 이 사숙을 칠 수 있단 말이냐?!"

"죄송합니다. 대세를 거스르면 제가 죽습니다."

그는 자신이 마치 제자처럼 아끼던 왕기철의 배신을 도저히 믿을 수가 없었다.

"…네놈, 정신이 어떻게 된 것이냐? 세상에 어떤 후레자식이 사부를 배신한단 말이냐?!"

"그래요, 저는 후레자식입니다. 하지만 후레자식이 되지 않으면 죽인다고 협박하는데 어쩝니까? 사숙, 저도 이제는 한 가문의 수장입니다. 우리 왕씨 가문이 일본 땅에서 살아남자니 어쩔 수가 없었습니다."

케니치는 실소를 흘렸다.

"후후, 사형과 내가 사악한 독사를 키웠구나."

"면목 없습니다."

잠시 후, 문이 부서지며 거대한 몽둥이를 든 사내들이 몰려 들어 왔다.

케니치는 더 이상 몸을 운신할 수가 없었다.

"천하의 케니치가 이렇게 죽는구나."

"너무 자책은 마십시오. 사숙의 무공이 약해서 죽는 것은 아니니. 사숙의 무공이 약하다면 저 역시 약골 아니겠습니까? 하지만 저는 생각보다 그리 약골은 아니더군요."

"…차라리 약골로 죽는 것이 낫겠군."

왕기철은 손끝에 적산파쇄공의 구결을 담았다.

스스스스스!

케니치가 어처구니가 없다는 듯이 말했다.

"이놈, 아무리 그래도 내가 알려준 무공으로 죽이는 것은 좀 심하지 않느냐?"

"마지막 길을 적산파쇄공으로 보내 드려야 의미가 있을 것 같아서요."

"……."

"자, 그럼 갑니다!"

눈을 질끈 감은 케니치에게 왕기철이 권을 뻗었다.

부웅!

아마 저 붉은 내가진기가 폭발하면 사방으로 케니치의 시신이 오체분시되어 튀어 오를 것이다.

하지만 왕기철의 손은 그에게 닿지 못했다.

서걱!

순간, 작은 섬광이 번뜩이며 왕기철의 목을 그어버렸다.

그러자 그의 눈동자가 커다래졌다.

"허, 허어어?"

"이놈아, 이 사숙이 뭐라고 했느냐? 적산파쇄공은 쾌검을 만나게 되면 사용하지 말라고 하지 않았느냐? 위력은 강력하나 내공을 다스리는 데 시간이 걸려 속공은 불가하다고 말이야."

"서, 설마……."

왕기철의 목이 더 이상 버티지 못하고 아래로 떨어져 내렸다.

쿵!

푸하아아아아악!

케니치는 그제야 진정 눈을 감았다.

"흐아아아……."

그의 몸이 서서히 허물어지며 무색무취의 독이 피부를 통하여 전부 빠져나왔다.

이로써 케니치의 일생이 마감되었다.

*   *   *

늦은 밤, 케니치의 연락을 받고 전철기와 임해상, 와타루 시오타니가 나가노를 찾았다.

세 사형제는 나가노의 '백색 비둘기 공원'에서 밤늦게 케니치를 기다리는 중이다.

와타루는 케니치의 연락을 받자마자 달려나온 세 사람과는 다르게 아예 연락이 두절되어 버린 막내 쥬마루를 걱정하였다.

"이놈, 무슨 일이 생긴 것을 아닐까요?"

"아니야. 막내의 거처를 아는 사람은 최소한 이곳에는 없어. 케니치 사형이라면 몰라도."

그렇지 않은 척하면서도 막내를 상당히 아끼는 케니치이기 때문에 항상 거주지가 불명인 쥬마루의 거처를 훤히 꿰고 있었다.

그것은 쥬마루에게 매월 생활비를 보내주고 있기 때문이었지만, 한편으론 그가 걱정되기도 해서 찾아가는 것이었다.

만약 케니치가 아니었다면 쥬마루는 지금쯤 명화방과 연이 끊어졌을지도 모른다.

전칠기는 오늘 아침에 받은 케니치의 문자를 다시 한 번 확인해 보았다.

"백색 비둘기 공원에서 11시까지 보자. 이게 아침인지 저녁인지가 확실치 않아."

"뭐, 그렇다곤 해도 이제 30분 남았습니다. 그래도 안 오시면 돌아가시죠."

임해상은 심리가 상당히 불안정해 보였다.

아까부터 계속 줄담배를 피워댄 그는 자꾸만 흔들리는 동공으로 주변을 살폈다.

"후우! 불안하군."

"왜 그러십니까? 어디 불편하십니까?"

"아니, 그런 것이 아니야. 다만 두 사형께서 변을 당하신 것은 아닐까 걱정되어서 그래. 그분들이 모두 당하셨다면 거사도 틀어지는 것 아닌가?"

전칠기가 그의 말에 꼬리를 달아주었다.

"더불어 우리도 죽는 것이지."

"사, 사형……."

"만약 거사가 실패하면 우리는 모두 죽는다. 아무리 제자들이 버티고 있다곤 해도 명화방 모두와 싸워 이길 수는 없어."

그는 와타루에게 USB를 건넸다.

"여섯째야, 만약 일이 잘못되거든 네가 이것을 가지고 하랑 사형을 찾아가거라."

"그게 무슨 소리입니까? 그럴 바엔 차라리 모두 다 함께 가는 것이……."

"우리가 모두 없어지면 일이 커진다. 저놈들이 더 맹렬하게 추격할 것이고. 그럴 바엔 한 사람이라도 살아가는 편이 나아."

"그, 그래도……."

"원래는 이런 임무를 막내가 해주면 좋은데 쥬마루 이놈이 워낙 두문불출해서 말이야. 이것 참, 이럴 때 잠수를 탈 것은 또 뭐람?"

전칠기는 와타루의 어깨를 꽉 잡았다.

턱!

"실패하게 되면 다른 대안이 없어. 네가 잘해주는 것밖에."

"…알겠습니다. 목숨을 걸고 하랑 사형을 찾아가겠습니다."

현재 명화자객단의 대동맥 어딘가가 막혀 버렸기 때문에 천하랑을 찾아내기란 결코 쉽지 않을 것이다.

그러나 와타루는 성심이 꽤 질긴 사내이니 반드시 그 일을 해낼 것이라 믿어 의심이 않는 두 사람이다.

한참을 기다린 끝에 세 사람의 귀에 열한 시를 알리는 종이 울린다.

땡, 땡!

임해상의 눈동자가 훨씬 더 빠르게 흔들리기 시작했다.

"열한 시인데……."

"젠장, 정각인데도 사형이 도착하지 않다니, 정말 뭔가 이상한데?"

바로 그때였다.

핑핑핑핑핑핑!

사방에서 엄청난 양의 총알이 쏟아져 내렸다.

세 사형제는 일제히 검을 뽑아 들고 명화방의 검진을 펼쳤다.

"와동선격진!"

마치 바다의 소용돌이가 주변을 집어삼키듯 엄청난 회전력을 가진 세 개의 그림자가 원을 그리며 빠르게 돌았다.

팅팅팅팅!

총알은 와동선격진에 맞아 전부 다 튕겨 나갔으나 그 뒤로 이어진 화살은 도저히 막아낼 수가 없었다.

피융!

화살은 푸른색 유황불을 머금고 있었는데, 그 유황불이 전칠기의 어깨를 불태워 버렸다.

서걱!

화르르륵!

"크으윽!"

"사형!"

"…괜찮다. 검진을 유지해!"

"예!"

검진으로는 당대 최강으로 손꼽히는 세 명의 사형제가 화살을 맞았다는 것은 실로 엄청난 일이었다.

그러나 놀라운 일은 여기서 끝나지 않았다.

슈우우웅!

쿠웅!

대략 500발의 총알이 날아오더니 이내 묵직한 불꽃이 되어 폭발을 일으켰다.

콰앙!

"제기랄! 이건 또 뭐야?!"

"태동화력진을 펼치자!"

"예!"

명화방의 천마신검진이 만들어낸 태동화력진은 불을 불로 막아내는 진풍경을 자아냈다.

화르르륵!

명화방의 붉은 내공이 새빨간 불을 뿜어내자, 그 불이 마치 태동하듯이 늘었다 줄었다를 반복하며 화공을 축적시켰다.

하지만 그 화공이 축적되는 동안에도 엄청난 양의 진기가 사방을 수놓아 적의 공격을 아주 효과적으로 막아냈다.

팅팅팅팅!

그러나 이 검진이 유지되는 동안 전칠기의 어깨는 점점 더 피로 물들어갔다.

전칠기는 떨려오는 어깨를 입술까지 깨물어가며 억지로 버텨냈다.

뚜둑!

그는 어서 자신들을 공격한 적들을 찾아내는 것이 급선무라고 판단했다.

'시간이 지나면 지날수록 우리에게 불리하다! 저놈들을 찾아내야 한 명이라도 산다!'

잠시 후, 전칠기의 눈에 서서히 적들의 모습이 보이기 시작했다.

그들은 사방을 에워싸듯이 감싸고 있으면서 소총이나 권총, 저격총 등으로 사형제를 두드리고 있었다.

전칠기는 이곳에서 일격을 내리기로 했다.

"사방에 적이 가득하구나! 저놈들의 숫자를 하나라도 더 줄이고 여섯째를 보내자!"

"예, 사형!"

세 명의 사형제는 천마신검진의 오의인 천검진을 형성하였다.

"천검진!"

스스스스스!

천검진은 무려 150개로 이뤄진 진기의 검이 실초를 만들어 내는 궁극적인 검진이었다.

좌자자자자장!

태동화력진이 천검진을 머금고 화력의 바다를 만들어냈다.

쏴아아아!

그러자 사방에 가득 차 있던 적들이 화마에 휩싸여 한꺼번에 죽어나갔다.

화르륵!

"끄아아아악!"

"제기랄! 저놈들이 끝까지 발악하는구나! 쏴라! 더 맹렬하게 쏘란 말이다!"

적들은 푸른색 진기가 담긴 총알을 마구 쏴서 세 사형제를 압박하기 시작하였다.

하지만 그들의 기세는 꺾이지 않았다.

"흥! 그런다고 우리가 엎어질 것 같으냐?!"

사형제들은 이제 다시 한 번 일격을 준비하였다.

"사제들아, 폭풍일식을 펼치자! 아마도 이것이 우리의 마지막 검진이 될 것이다!"

"예, 사형! 사형을 만나서 평생 검을 섞어왔으니 이보다 더한 영광은 없을 겁니다!"

"사형들, 이 못난 사제가 반드시 제일사형을 모셔오겠습니다!"

"그래. 부디 우리의 복수를 이뤄다오!"

폭풍일식은 150개의 검으로 거대한 원을 그린 후 그것을 진기의 실로 연결하는 검진이다.

이 검진에 빠지게 되면 제아무리 절대고수라고 해도 목숨을 부지하기 힘들 것이다.

휘리리릭, 챙!

150개의 검이 바닥에 꽂히면서 그 주변으로 회오리바람이 몰려들기 시작했다.

휘이이잉!

세 사형제는 그 검진을 마치 거미줄처럼 내공의 실로 이어 엮어나갔다.

챙, 챙, 챙, 챙!

그들의 뒤에는 그림자처럼 잔상이 남아 마치 150명의 사람이 한바탕 춤을 추고 있는 것 같았다.

잠시 후, 그 그림자들이 점점 빠르게 움직여 작은 폭풍을 만들어냈다.

고오오오오오!

적들은 아연실색하여 뒤로 한 발자국 물러났으나, 그들 역시 이대로 결사항전의 각오를 다졌다.

"물러서지 마라! 그래 봐야 세 놈이다! 우리는 무려 800명의 정예 병력이다! 절대로 질 수 없다!"

"와아아아아!"

결국 검진을 끊어내기 위해 그 자리를 고수하게 된 적들은 검진의 폭풍 안에 들어오게 되었다.

촤라라라락!

"끄아아아아악!"

사방으로 피와 살이 흩날리며 핏빛 폭풍이 사방을 수놓았다.

무려 450명의 인원이 죽어나갔으나, 적들은 끝까지 사격을 멈추지 않았다.

탕탕탕탕!

이제는 마구잡이로 총을 쏘던 그들의 손에 운 좋게 한 발이 얻어걸렸다.

서걱!

"크허억!"

"전 사형!"

"쿨럭쿨럭!"

정확하게 심장을 관통당한 전칠기는 이제 더 이상 검진을 펼치는 것은 무리라고 판단했다.

"…여섯째야, 이제 그만 가거라! 이곳은 우리 두 사람이 맡겠다!"

"크윽! 알겠습니다!"

그는 두 사형에게 절을 올린 후 돌아섰다.

"사형들, 반드시 복수하겠습니다!"

"그래, 어서 가라!"

전령으로 떠난 와타루를 바라보며 두 사형은 미소를 지었다.

"그래도 죽을 때 혼자가 아니라 얼마나 다행인지 몰라."

"그러게 말입니다."

두 사람은 검을 틀어쥐었다.

척!

"죽어라!"

그들은 남은 적들을 하나라도 더 제거하기 위해 신형을 날렸다.

제3장

와전

삿포로의 해가 지고 난 후, 저녁 8시가 되었다.

딸랑!

선술집 '눈보라'의 문이 열렸다.

눈보라의 주인인 유미 미소노는 언제나 이 시간이면 찾아오는 사람의 이름을 불렀다.

"케니치, 어서……."

"유감입니다만, 저는 케니치 씨가 아닙니다."

유미가 하루 종일 기다린 케니치는 아닌 모양이다.

그녀는 검은색 코트를 입은 두 남자를 바라보며 아쉬운 미소를 지었다.

"…아니네? 어서 와요. 테이블에 앉아도 되고 바에 앉아도 돼요."

"그럼 바에서 한잔하지요."

"술은 어떤 것으로?"

"맥주가 좋겠습니다."

"알겠어요."

그녀는 간단한 마른안주와 맥주를 한 병 꺼내어 두 남자 앞에 내밀었다.

두 사람은 맥주를 나누어 따른 후 그것을 단숨에 비워냈다.

꿀꺽!

"으음, 좋군!"

"한 병 더 드려요?"

"아닙니다. 이 정도면 충분합니다."

사내는 그녀에게 사진을 한 장 건넸다.

"이 사람을 아시지요?"

사진을 받은 그녀는 불안감이 엄습해 왔다.

"……"

"케니치 하기와라, 84세, 거주지 미상, 직업은 기업가. 맞죠?"

그녀는 자신과 함께 다정한 포즈를 취하고 있는 케니치를 바라보며 손을 떨었다.

"…케니치는 왜 찾아오신 건가요?"

"경찰입니다. 삿포로 서에서 나왔지요."

보통 사복을 입은 경찰이 술집을 찾아오는 경우는 두 가지이다.

첫 번째는 이 사람이 죄를 짓고 도주 중이거나 잠적한 경우, 두 번째는 이 사람이 봉변을 당한 경우이다.

그녀는 애써 멀어지는 정신을 부여잡았다.

"케니치가 무슨 일이라도 당했나요?"

"사망하셨습니다."

유미는 떨리는 손으로 술병을 찾았다.

"아, 아아……."

"여기 있습니다."

경찰들은 반쯤 남은 맥주를 건넸다.

꿀꺽꿀꺽!

맥주를 모두 다 마신 그녀가 믿을 수 없다는 듯이 물었다.

"…무인들은 원래 오래 산다고 그랬는데, 아닌가요?"

"맞습니다. 원래대로라면 꽤 장수했겠지요. 하지만 살해를 당했습니다."

"……!"

"그는 명화방의 7 대 장로였으며 검으론 쉽사리 꺾을 수 없는 고수였지요. 그런 그가 살해를 당했다는 것은 언뜻 이해가 가지 않습니다. 쉽게 말해서 고양이 굴에 사는 호랑이가 어느 날 살해를 당했다는 소리와 같은 이치지요."

지금껏 형사들을 마주한 적이 한 번도 없다 말할 수는 없으나, 오늘은 버티기가 좀 힘들어진 유미였다.

"그의 시신은 지금……."

"도쿄에 있습니다. 아직 부검이 끝나지 않아서 경시청에 있긴 합니다만, 조만간 명화그룹으로 인도될 예정입니다. 사나흘 뒤엔 장례를 치를 수 있을 것으로 보입니다."

경찰들은 그녀에게 본격적인 질문을 시작하였다.

"그럼 몇 가지만 묻겠습니다."

"…네."

"그날따라 하기와라 씨에게 뭔가 특이한 점은 없었습니까?"

그녀는 그의 마지막 모습을 떠올렸다.

"…그날따라 나에게 칭찬을 해주더군요. 원래 그런 말은 가뭄에 콩 나듯이 한 번씩 해주는데 그날따라 저에게 아주 칭찬 일색이었지요. 그리고……."

"그리고?"

"미소가… 유난히도 따뜻했어요."

원래 다른 것은 몰라도 미소만큼은 아주 따뜻하고 매력적인 케니치였기 때문에 백 번 욕을 먹어도 한 번 웃어주면 마음이 풀리곤 하던 그녀이다.

경찰들은 씁쓸하게 웃었다.

"두 분이 꽤 사이가 좋았던 모양이군요. 뭐, 그건 어쨌든 좋습니다. 다른 특이점이나……."

그녀는 케니치의 마지막 모습을 떠올리곤 이내 무너지고 말았다.

"…오래 살아서 좋지 않은 것이 많다고 그랬어요. 그 사람이."

"아니, 일단 일어나셔서……."

"그래요, 나도 이젠 그 뜻을 조금은 알겠어요. 이럴 줄 알았으면 따뜻한 이부자리라도 깔아줄걸… 잠자리라도 봐줄걸… 아침이라도 차려줄걸… 못다 한 말이라도 전해줄걸……."

형사 중 나이가 많은 사람이 자리에서 일어나 후배를 이끌었다.

"그만 가지."

"예? 아직 질문을……."

"그냥 나가자."

형사도 사람인지라 더 이상 질문을 하는 것은 무의미하다는 것을 깨달은 모양이다.

그들은 말없이 술집을 나섰다.

　　　　　*　　　　*　　　　*

　온몸이 피로 물든 와타루가 힘겨운 발걸음을 떼고 있다.

　파바밧!

　"허억, 허억!"

　그는 지금 거의 치사량에 가까운 피를 흘렸음에도 불구하고 초인적인 인내심으로 버티고 있었다.

　와타루는 벌써 50발의 총상을 입었고 자상은 이루 셀 수조차 없었다.

　이제는 자신이 총에 맞은 것인지 어쩐 것인지 분간을 할 수 없을 지경이었다.

　"쿨럭쿨럭!"

　기침을 하자마자 한 움큼 각혈을 했다.

　그는 실소를 흘렸다.

　"세상에, 이 나이 먹고 각혈을 할 줄이야. 죽은 아내가 웃겠군."

　아내를 먼저 떠나보내고 혼자가 된 지 이제 10년이 조금 지났지만 여전히 그녀의 표정과 손길이 가슴속 깊은 곳에 남아 있었다.

　주변에서 그만 재혼하라는 소리도 많이 했지만 겉모습이 30대 청년과 다를 바가 없는 일흔여덟의 노인에게 시집을 올 사람은 아무도 없었다.

더군다나 그의 가슴속에 아내가 살아 숨 쉬고 있는데 새장가를 든다는 것은 있을 수도 없는 일이었다.

그는 이제 죽어 아내를 만날 수도 있겠다는 생각이 들었다.

"…그녀를 만나러 가는데 피투성이라 또 잔소리를 하겠군. 꽃이라도 한 송이 가지고 가야겠어."

달리던 도중 잠시 멈추어 선 와타루는 들판에 핀 이름 모를 꽃을 꺾었다.

그러자 곧바로 추격대의 총검이 그의 목덜미를 스친다.

부웅!

"무지막지한 놈들! 그런 검술은 복날에 개 잡을 때나 써라!"

가볍게 총검을 옆으로 흘려 버린 그는 놈의 목덜미를 일도양단해 버렸다.

퍼억!

푸하아아아악!

목이 대롱대롱 매달린 형국이 되어버린 놈은 그 자리에서 숨이 끊어졌다.

바로 그때, 놈의 허리에서 무전이 울렸다.

치익!

―여기는 알파! 브라보 들리나?!

순간, 그의 두뇌가 빠르게 돌아갔다.

"여기는 브라보."

—놈을 잡았나?

"그렇다. 하지만 얼굴이 아주 엉망이 되어버렸는데?"

—얼굴이 무슨 상관이냐? 잡았으면 그곳에서 잠깐 대기할
수 있도록.

"아, 아니, 잠깐! 놈이… 으악!"

그는 혼자 뒹굴고 때리며 연기를 하느라 피를 한 바가지나
더 쏟았다.

그러나 그 덕분에 적의 동료들은 좀비처럼 되살아난 그와
싸우다가 사람이 죽었다고 생각했다.

와타루는 적과 옷을 바꾸어 입고 놈의 얼굴을 난도질하여
형체를 알아볼 수 없게 만들어 버렸다.

또한 머리카락과 지문 등을 전부 없애 신원 확인을 교란시
켰다.

모든 작업을 끝내갈 때쯤 저 멀리서 같은 옷을 입은 놈이
한 명 더 달려왔다.

"제프! 어이, 제프! 무전기를 가지고 혼자 가버리면 어떻게
해?!"

그는 가만히 숨어서 기다리고 있다가 놈의 목덜미를 단숨
에 베어버렸다.

퍼억!

푸하아아악!

이제 그는 와타루와 싸우다 죽은 암살자가 되었다.

"…좋아, 이 정도면 된 것 같군."

그는 대충 일은 마무리를 지어놓았지만 이제 슬슬 신체가 허물어져 가는 것을 느꼈다.

'제기랄!'

하지만 허물어지는 몸을 이끌고 쉴 만한 곳을 찾아 억지로 발걸음을 뗐다.

*　　　　*　　　　*

나가노 북부에 위치한 작은 산골 마을에 노스트룩스의 자객단이 찾아들었다.

그들은 피투성이가 되어버린 마을의 산등성이를 둘러보며 수색을 펼쳤다.

잠시 후, 몇몇 자객이 소리쳤다.

"여깁니다!"

새롭게 노스트룩스 암살단장이 된 마이클이 얼굴에 폭탄을 맞고 죽은 시신과 칼에 맞아 죽은 시신을 발견하였다.

두 사람은 꽤 지독하게 싸우다가 죽은 것으로 보였다.

"드디어 찾았군."

"어떻게 할까요?"

마이클은 두 사람의 얼굴에 손수건을 덮어주었다.

펄럭.

"계획대로 한다. 녹음 파일은 만들어두었나?"

"예, 그렇습니다. 그들의 목소리를 더빙해서 전화에 사용할 수 있도록 해두었습니다."

"좋군."

"그럼 지금 경찰에 신고해서 일을 시작하면 되겠습니까?"

그는 자신의 손목시계를 바라보았다.

8시 30분

마이클은 고개를 저었다.

"조금 이르군. 밤이 깊으면 전화를 걸어서 사람이 죽어가고 있다고 알려줘."

"예, 알겠습니다."

그는 부하들에게 쥬마루의 소재를 물었다.

"그 막내 노인네의 거처는 알아냈나?"

"케니치를 죽이고 그가 가지고 있던 핸드폰에서 위치를 찾아냈습니다. 전화를 걸어보니 자택에 유선 전화기가 있더군요."

"좋아, 그럼 쥬마루를 우선 베어버린 후에 일을 천천히 시작하도록 하지."

"예, 알겠습니다."

마이클은 암살단을 이끌고 아오모리로 향했다.

*   *   *

아오모리의 한적한 산골 마을로 400명의 암살자가 달려오고 있다.

파바바바밧!

한창 나무를 돌보고 있던 쥬마루는 무심결에 뒤를 돌아보았다.

휘이이잉!

그는 바람결에 흔들리는 나뭇가지 소리로 그들이 이곳에 왔다는 것을 간파하였다.

쥬마루는 창고에 있는 검과 활을 꺼냈다.

자신을 향해 달려드는 400개의 그림자가 결코 만만치 않은 상대라는 것을 알고 있었으나, 그는 무인으로서 결코 물러서지 않았다.

"일수불퇴!"

활시위에 활을 건 쥬마루는 이 한 방에 자신의 생과 사가 결정될 것이라는 사실을 너무나도 잘 알고 있었다.

하지만 그는 이 한 발의 화살이 자신의 무인으로서의 자존심을 지켜줄 것이라 굳게 믿었다.

쥬마루가 활시위를 당길 무렵, 가장 먼저 푸른색 복면을 쓴 암살자가 나타났다.

순간, 그의 눈이 번쩍 뜨였다.

"놈!"

피융!

붉게 물든 화살이 날아가 암살자의 머리를 뚫고 지나갔다.

퍼억!

그러자 그 화살이 50개의 붉은 진기로 다시 쪼개져 뒤따르던 암살자들을 차례로 뚫고 지나갔다.

서걱!

"크허억!"

"…조심해라! 저놈은 활을 잘 다룬다!"

쥬마루는 소리가 들린 방향으로 활시위를 겨누었다.

"저놈이구나!"

핑!

그의 화살이 날아가면서 마치 뱀처럼 긴 꼬리를 늘어뜨렸다.

쉬이이익!

이제 쥬마루의 화살이 그가 정한 표적을 따라서 끈질기게 추격전을 펼칠 것이다.

"젠장! 화살이 살아 있어?!"

"후후, 다른 놈들은 몰라도 네놈 한 명은 반드시 죽일 것이다!"

쥬마루는 평생을 외롭게 살아온 만큼 각종 병기를 다루는데 상당히 능숙해져 있었다.

심지어 독자적으로 궁술을 연마하여 추격살이나 다련살 등을 쏘아 적을 효율적으로 죽일 수도 있었다.

하지만 누가 뭐라고 해도 쥬마루의 주특기는 검술이었다.

챙!

"덤벼라!"

유약하게만 보이던 쥬마루의 눈동자가 순식간에 붉게 물들었다.

쿠그그그, 콰앙!

그는 사형제들 중에서 가장 심성이 곱고 착한 사람이지만 그만큼 정신력이 약하여 심마에 잘 빠져들었다.

여덟 사형제의 사부인 백수회는 그가 심마에 빠져 다시는 검술을 익히지 못할 것이라고 말했다.

하지만 그는 각고의 노력 끝에 심마를 자신의 또 다른 무공으로 사용할 수 있도록 발전시켰다.

그는 이 무공을 '혈마공'이라고 이름 지었다.

"크하하하하하!"

심마는 내공과 외공을 대략 세 배 정도 증폭시키는 힘이 있지만 이것을 다루는 것은 거의 불가능했다.

그러나 쥬마루의 검술은 심마가 폭발했을 때에만 사용할 수 있었다.

그의 검에 서서히 피가 맺히더니 이내 그것이 뚝뚝 떨어져 대지를 적실 정도가 되었다.

쥬마루는 자신을 향해 달려드는 암살자의 머리를 손으로 낚아챘다.

슈욱, 퍽!

"우우우욱!"

"크크크, 네놈이 나의 첫 제물이로구나!"

그는 암살자의 머리를 일그러뜨려 사방으로 뇌수가 뿜어져 나오도록 만들었다.

푸하아아악!

암살자들은 맨손으로 사람의 머리를 부숴 버린 그의 괴력에 아연실색하였다.

"허, 허억! 저, 저게 과연 사람이란 말인가?!"

하지만 경악스러운 광경은 여기서 끝나지 않았다.

쥬마루는 죽어 있는 사내의 피를 왼팔로 흡수하여 그의 몸에 피가 한 방울도 남아 있지 않게 만들었다.

츕츕츕츕!

사내의 피는 쥬마루의 손에서 검의 형대로 탈바꿈되어 그의 왼손에 안착했다.

철컥!

"…말도 안 된다! 사람의 피로 무공을 사용한다고?!"

"크하하! 죽어라!"

두 자루의 검을 쥔 쥬마루가 엄청난 속도로 적들을 향해 날아들었다.

쇄애애애앵!

마치 전투기가 지나가는 듯한 파공성이 암살자들의 옆을 스치자, 그들의 목이 어김없이 떨어져 내렸다.

퍼억!

목이 떨어져 내리면서 뿜어져 나온 피는 한 덩어리가 되어 쥬마루의 몸속으로 다시 빨려들어 갔다.

스스스스스!

암살자들은 장로 중 막내인 쥬마루가 가장 약할 것이라고 생각했으나, 그것은 그 사람이 제정신일 때의 얘기였다.

설마하니 미소년처럼 곱고 아름다운 저 노인이 피를 가지고 무공을 펼칠 줄은 꿈에도 생각지 못했다.

쥬마루는 암살자들 사이를 헤집고 다니면서 마구잡이로 목을 그어 피를 머금었다.

"으하아아아! 좋구나!"

"…미친놈이다! 총으로 저놈을 잡자!"

"하지만 워낙 우리 진영을 빠르게 헤집고 다녀서 조준조차
도 잘 되지 않습니다!"

"이런 젠장!"

한참을 종횡무진 누비던 쥬마루의 신형이 갑자기 우뚝 멈
추어 섰다.

팟!

마이클은 지금이 기회라고 생각했다.

"잡아!"

탕탕탕탕!

마치 소나기처럼 쏟아져 내리는 총탄을 맞은 쥬마루는 저
만치 나가떨어지고 말았다.

퍼버버버벅!

마이클은 그가 정신을 잃어서 제대로 판단을 할 수 없는
지경에 이르렀다고 생각했다.

"하하, 하하하! 그럼 그렇지! 미친놈이 무슨 검을 쓴다는 거
야?"

득의에 찬 웃음을 터뜨리고 있는 마이클에게 뜻밖의 일이
벌어졌다.

뚜두두둑!

쥬마루는 바닥을 가득 채우고 있던 피를 다시 빨아들여 스

스로 상처를 회복하고 있었던 것이다.

"후아, 이제 좀 살겠네!"

"…도저히 믿을 수가 없군!"

"믿을 수가 없는 것은 나다. 세상에, 이런 약골들이 어찌 나를 잡겠다고 온 것인지."

마이클이 다시 한 번 사격을 명령하였다.

"쏴라!"

탕탕탕탕!

이번에도 총탄이 마구 쏟아져 내렸지만 쥬마루는 그것을 애써 피하거나 막지 않았다.

그는 오히려 맨몸으로 총탄의 빗줄기를 뚫고 암살자들의 압박을 정면 돌파하였다.

퍼억!

쥬마루의 두 자루의 검이 화려한 검무를 자아내며 암살자들의 목을 탈곡기처럼 털어냈다.

푸하아아악!

"괴, 괴물이다!"

"아니다! 그래 봐야 인간이다! 쉬지 말고 쏴라! 어서!"

타다다다다당!

그는 두 자루의 검을 하나로 합쳤다.

쿠그그!

그러곤 그것을 거대한 혈기로 구현시켜 그대로 적진에 떨어뜨렸다.

"죽어라!"

콰아아앙!

혈기가 떨어져 내리자 사방에 퍼져 있던 적들이 내장을 토해내며 죽어나갔다.

"쿨럭쿨럭!"

"우웨에에엑! 사, 살려줘!"

처참하게 죽어나가는 부하들을 바라보는 마이클의 눈동자가 크게 흔들거렸다.

'이놈은 우리가 어찌해 볼 수 있는 놈이 아니다!'

그는 주머니에서 신호탄을 꺼내 들었다.

타앙!

그러자 무려 5㎞ 밖에서 백색 탄환이 날아들었다.

피융!

쥬마루는 한참이나 적들을 베고 있다 백색 탄환에 복부를 얻어맞고 말았다.

퍼억!

"크허억!"

평소와 같았다면 그냥 혈기로 그것을 녹이고 말았을 테지만, 이것은 일반 탄환과 차원이 달랐다.

지독한 냉기를 뿜어내는 이 탄환이 쥬마루의 몸을 뚫고 들어가면서 오장육부를 꽁꽁 얼려 버린 것이다.

꽈드드드득!

"…이, 이런 제기랄!"

"천하의 괴물도 몸이 얼어붙으면 싸울 수 없는 법! 피라는 액체를 사용한 네 잘못이다! 잘 가라!"

마이클은 마지막 남은 힘을 쥐어짜 내고 있는 쥬마루의 심장을 검으로 찔러 버렸다.

푸우우욱!

그제야 쥬마루는 그 자리에 딱딱하게 굳어버렸고, 암살자들은 그 자리에 털썩 주저앉고 말았다.

"허억, 허억! 괴물도 이런 괴물이 없네!"

"…빌어먹을 자식 같으니, 무려 300명이나 되는 암살자들을 죽이고 나서도 팔팔하다니. 세상에 이런 미친놈이 또 있나 싶군."

그는 부하들에게 쥬마루의 시신을 수습할 것을 명령하였다.

"시신 챙겨라! 가자!"

"예, 단장님!"

100명의 암살자들이 그를 천으로 꽁꽁 싸맨 후 들것에 실어 옮겼다.

*   *   *

서울의 오래된 한옥 저택에 중년 남자 15명이 한 노인의 병석을 지키고 있다.

삐빅, 삐빅—

생명 유지 장치에 의지하여 간신히 숨을 쉬고 있는 노인을 바라보며 60대 후반의 남자가 말했다.

"의사는 뭐라고 하던가?"

"이제 정말 마음의 준비를 해야 한다고 하더군요."

그는 무거운 한숨을 내뱉었다.

"후우, 이것 참, 난감하기 그지없군."

"그나저나 명화 형님의 자식은 찾았습니까?"

중년은 상당히 언짢은 표정을 지었다.

"…그놈을 아직도 형이라고 부르다니, 네놈도 제정신은 아니구나."

"그렇지만 혈연관계이긴 하니까……."

그는 동생의 따귀를 올려붙였다.

짜악!

"…형님."

"다시는 내 앞에서 명화의 이름을 꺼내지도 마라. 알겠느냐?"

"그래도 아버지 가시는 길에 핏줄의 얼굴은 보여주어야 하지 않겠습니까?"

"됐다. 명문정파의 제자가, 그것도 우리와 같이 유서 깊은 독립운동가 가문에서 사마외도의 자식을 아내로 맞이하다니… 정신이 나가지 않고서야 어찌 그런 말도 안 되는 짓을 벌인단 말이냐?"

"그렇지만 명화방은 일본 정부와는 직접적으로 관련이 없습니다."

"…그 후손들에게 돈이고 쌀이고 마구 뿌려대긴 했지. 그게 그것이지 뭐가 다르단 말이냐?"

바로 그때, 가만히 눈을 감고 있던 노인이 정신을 차렸다.

"명주야……."

"아, 아버님!"

노인이 눈을 뜨자마자 15명의 남자들이 일제히 달려왔다.

"백부님!"

"아버님!"

"…다들 나 때문에 걱정이 많구나."

"아닙니다! 그런 말씀 마십시오!"

그는 집안의 종손인 명주의 손을 잡았다.

"명주야."

"예, 아버님!"

"명화에게 자식이 있다고 들었다. 그 아이가 이제 몇 살이라고 했지?"

"…서른이 훌쩍 넘었지요."

노인은 회한의 눈물을 흘렸다.

"내 가문과 내 이름에 먹칠하기 두려워서 아들을 쫓아낸 것으로도 모자라 호적에서 파버렸으니… 죽어서 너희 할아버님의 영전을 어떻게 뵐 수 있을지 모르겠구나."

"…그런 호랑말코 같은 자식은 호적에서 파도 쌉니다! 여자를 데리고 와도 어디서 그런 말도 안 되는 집안의 여자를!"

"아니다, 아니야."

노인은 눈을 돌려 15명의 중년에게 말했다.

"너희들, 잠시 이쪽으로 오너라."

"예."

"…너희들도 그리 생각하느냐? 명화가 우리 가문에 먹칠을 하고 파문까지 당할 짓을 했다고 생각하느냐?"

대부분의 남자들이 고개를 끄덕였다.

"물론입니다, 백부님. 우리 집안이 어떤 집안입니까? 하늘을 우러러 한 점 부끄러움이 없는 집안입니다. 호국열사이신 증조부님께서 아신다면 아마 지하에서 노하실 겁니다."

"하나 명화방은 일제와는 별 상관도 없는 사람들 아니냐? 더군다나 두 부부가 결실을 맺어 지하 세계에 평화가 찾아왔으니 이보다 더 훌륭한 일이 또 어디 있겠느냐?"

"백부님!"

노인은 눈물을 지은 채 말했다.

"…너희들이 어떻게 생각하든 간에 나는 명화의 아들을 꼭 한번 보고 죽고 싶구나. 또한 명화가 살아생전에 못 한 남궁세가와의 의리를 지금 그 아이가 지켜준다면 좋겠어."

"아, 아버님……."

"내 마지막 소원이다, 아들들아, 조카들아. 정말 명화를 용서할 수 없겠느냐?"

"끄응."

명 자 돌림의 중년들이 명주를 바라보았다.

"…장손께서 결정하시죠. 이제 곧 가장이 되실 것 아닙니까?"

"……."

"백부님, 저희들은 명주 형님께서 결정하시는 대로 따르겠습니다. 이제는 명주 형님이 집안의 제일 큰 어른이 될 것 아닙니까?"

노인은 명주의 손을 두 손으로 꼭 잡았다.

"명주야."

입술을 짓깨문 명주의 눈동자가 격하게 흔들린다.

"저, 저는……."

"…명주야."

그는 결국 눈을 질끈 감았다.

"알겠습니다. 명화의 아들을 수소문해서 데리고 오겠습니다."

"저, 정말이냐?!"

"남아일언중천금. 가장이 될 사람이 두말을 하면 쓰겠습니까?"

"…고맙구나! 정말 고마워!"

노인의 눈물을 보는 아들의 가슴이 찢어진다.

'명화 이 자식을……!'

그러나 그는 한편으론 의절한 동생의 아들이 보고 싶어 가슴이 두근거리기도 했다.

명주는 그런 자신이 너무나도 우유부단하다고 생각했다.

"그래도 그놈은 제 조카가 아닙니다."

"…그래."

이윽고 그는 더 이상 화를 참을 수 없어 집을 나가 버렸다.

제4장
복잡해지는 일

케니치 하기와라가 사망한 후 다이스케 나루세가 실종되고 말았다.

현 부회장인 장주원이 실종된 이후부터 계속해서 벌어진 이러한 일들은 그야말로 전대미문의 사건이었다.

지금까지 단 한 번도 정도문파의 장로급 인사가 사라지거나 살해를 당한 일이 없었기 때문에 일본 경찰은 물론이고 인터폴까지 움직이는 상황이었다.

현재 남은 다섯 명의 장로 중에서 천하랑은 행적이 묘연한 상태였고, 나머지 장로들 역시 비슷한 상황이었다.

이 때문에 그룹은 발칵 뒤집혀 장로들의 거취를 찾는 데 총력을 기울이고 있었다.

그러는 도중, 경시청으로 의문의 전화 한 통이 걸려왔다.

따르르르릉!

경시청 강력계 형사 타무라 와케이치는 전화를 받았다.

"예, 경시청 강력계 형사 와케이치입니다."

―쿨럭쿨럭!

그는 인상을 찌푸렸다.

"여보세요?"

―…나, 나는 명화방 7 대 장로 중 네 번째 장로인 전칠기라고 합니다.

순간, 와케이치가 화들짝 놀라며 자리를 박찼다.

"누, 누구요?!"

―쿨럭쿨럭! 지, 지금 두 번 말할 기운 없습니다. 잘 들으세요.

"아, 예!"

―제 사제인 임해상과 와타루 시오타니, 이 두 사람이 지금 총에 맞아 죽었습니다.

순간, 와케이치가 고개를 갸웃거렸다.

"명화방의 장로들이 총에 맞아 죽어요?"

―…나도 이해가 안 됩니다. 어떻게 총에 맞아 죽었는지 말

이죠. 호신강기를 뚫는 총알이라니, 있을 수 없는 일이죠.

와케이치는 이걸 도대체 어디까지 믿어야 할지 확신이 서지 않았다.

"이, 일단 이 사건을……."

─시간이 없어요! 잘못했다간 우리 마지막 사제인 쥬마루 마에카와가 봉변을 당할 겁니다!

"예, 예?!"

─천하랑 사형은 어차피 신출귀몰한 사람이라서 그렇다 치더라도 쥬마루는 달라요. 그 녀석은 워낙 혼자 지내는 것을 좋아해서 옆에서 도와줄 사람도 없을 겁니다. 그러니 그 녀석을……

"저, 전칠기 씨? 이, 일단……."

─쿨럭쿨럭! 우웨에에에에엑!

한차례 토악질을 해댄 전칠기가 쓰러지는 소리가 들린다.

─털썩.

"어, 어어?!"

잠시 후, 수신음이 끊어지면서 통화는 종료되었다.

─뚜우, 뚜우.

와케이치는 이것이 장난 전화가 아니라면 보통 사태가 아니라는 것을 어렵지 않게 짐작할 수 있었다.

명화방의 7대 장로 중에서 한 사람을 제외한 모든 사람이 죽었다는 것인데, 이것은 생각보다 훨씬 더 큰일이었다.

그는 팀장에게 전화를 걸었다.

―뭐야?

"팀장님, 큰일입니다! 지금……."

지금 집에 들어가 잠시 휴식을 취하고 있던 팀장이 화통이라도 삶아 먹은 사람처럼 소리쳤다.

―당장 팀원들 전부 소집해! 아, 아니지! 이 일을 지금 당장 상부에 보고하는 편이 좋겠다! 어서 준비해!

"예, 알겠습니다!"

경시청 형사들이 조금 더 바빠질 예정이다.

*　　　　*　　　　*

이틀 후, 경시청은 전화 발신지 추적을 통하여 전칠기의 시신을 발견하였다. 그리고 그의 말처럼 총에 맞아 죽은 두 명의 장로 역시 근처에서 발견되었다.

이제 경찰들은 첩첩산중에 숨어서 지내던 쥬마루 마에카와의 집을 찾아갔다.

워낙 주소가 불분명해서 찾는 데 이틀이나 걸렸기에 그의 생사는 장담할 수가 없었다.

경시청 수사 1과와 2과는 긴장된 표정이 역력했다.

"과장님, 설마하니 정말 죽은 것은 아니겠죠?"

"그럴 가능성이 높다. 마에카와 장로는 7 대 장로 중에서 가장 내공이 낮았어. 그보다 더 뛰어난 사형들이 죽었는데 그라고 별수 있었겠나?"

"그, 그럼……."

"오늘도 송장을 치워야 할지도 모른다는 소리지."

하루에 몇 번씩 사람의 시신을 봐야 하는 형사들이기에 신입들은 일 자체가 곤욕이라 할 수 있었다.

관할지에서 사망 사건이 일어나게 되면 자연사, 돌연사, 사고사, 살인, 자살 할 것 없지 모두 일일이 확인해야 한다.

사람의 목숨이 끊어진 것은 어찌 되었든 경찰의 소관이기 때문이다.

쥬마루 마에카와의 가택에 들어선 형사들은 일단 절부터 올렸다.

"좋은 곳으로 가시길……."

그렇게 망자의 명복을 빌어준 이후에야 시신을 자세히 살피기 시작했다.

형사들은 심장에 칼이 꽂힌 채로 죽어 있는 쥬마루 마에카와의 주변을 둘러보았다.

찰칵, 찰칵!

사진을 찍고 있던 감식반이 형사들에게 그의 사인에 대해 설명하였다.

"흉부와 기도에 깊은 자상을 입고 죽었습니다. 특히나 심장 부근에 검으로 관통상을 입었습니다."

"사인은요?"

"과다 출혈이죠."

"다른 특이한 사항은 없나요?"

"이것을 좀 보십시오."

감식반은 형사들에게 범인의 것으로 예상되는 지문과 족적, 머리카락 등을 보여주었다.

"마에카와 씨는 짧은 스포츠머리였습니다. 하지만 이곳에 있는 머리카락은 보라색입니다. 염색을 했다는 소리죠."

"그러니까 나이 대가 비교적 젊은 사람이 살인을 저질렀다는 소리군요?"

"사람들일 겁니다. 쥬마루 마에카와 씨가 비록 장로 중에서 무공이 약한 편에 속한다곤 해도 그 한 사람의 전투력은 거의 폭격기 수준입니다. 한두 사람으론 절대로 죽일 수 없어요."

"흠, 그럼 그 엄청나게 많은 사람 중에 누군가는 실수를 했다는 건가요?"

"그럴 수도 있겠죠."

수사 제2과에선 조금 다른 의견이 나왔다.

"이거… 혹시 일부러 흔적을 남긴 것은 아닐까요?"

"그게 무슨 소리야?"

"아무리 생각해 봐도 너무 대놓고 흔적을 남겼습니다. 이건 그냥 목숨만 끊고 달아나려고 한 것이 아니라 경찰이 자신을 잡아주길 바라는 것 같다는 소리죠."

"하지만 제 놈이 우리에게 잡혀서 얻는 것이 뭐라고?"

"그러게 말입니다. 그 부분은 참으로 의심스럽긴 합니다만, 어쨌든 간에 이렇게 많은 흔적을 남기고 도망쳤다면 자기를 잡아달라고 고사를 지내는 것과 다를 바가 없습니다."

"죽이고 일부러 흔적을 남겼다……."

"냄새가 나지 않습니까?"

"확실히 그렇군."

수사 1, 2과는 이제 본격적으로 움직이기 시작했다.

"잘 들어라. 지금부터 1과는 현장을 이 잡듯이 뒤진다. 그리고 2과는 피해자의 주변을 탐문하여 용의 선상을 만들어내도록. 한시가 급하다. 또 누가 죽을지 몰라."

"예, 알겠습니다!"

때 아닌 살인 행렬에 경찰들은 정신을 차릴 수가 없었다.

"젠장, 이게 도대체 무슨 날벼락이야?"

"그러게 말이야."

두 명의 과장은 감식반과 함께 현장을 더 둘러보기로 했다.

　　　　　*　　　　　*　　　　　*

　명화방 7 대 장로 중 무려 여섯 명이 죽어나가는 동안 장주원 부회장 역시 자취를 감추고 말았다.

　명화그룹 내부에서 벌어진 충격적인 테러 사건으로 인해 장주원은 그룹의 직원들이 모두 지켜보는 가운데 실종되고 말았다.

　이 어처구니없는 사건을 조사하기 위해 파견된 경시청 형사 제2부는 무려 100명의 인력을 동원하여 수사를 펼쳤다.

　가장 먼저 장주원의 생가와 자동차, 그리고 자주 가는 단골 술집 등을 두루 뒤지며 증거를 찾아다녔다.

　하지만 그런 그들의 노력을 한순간에 물거품으로 만든 이가 나타났다.

　그는 바로 제4 장로의 제자 중 한 명인 명화그룹 사외이사 임영철이었다.

　임영철은 자신이 장주원을 죽음으로 내몰았으며, 죽은 사부의 복수를 한 것이라고 주장했다.

　경시청 조사실에 앉은 임영철은 며칠 전부터 계속 같은 소리만 반복하는 중이다.

　"저는 사부님 대신 문하를 정리한 것뿐입니다. 장주원 그놈이 노스트룩스와 짜고 사부님과 사백, 사숙들을 모조리 쳐냈으니까요."

"그러니까… 지금 당신의 말에 따르자면 장주원이 살인 교사를 지시하여 복수를 한 것이란 말이지요?"

"맞습니다. 그놈은 그룹의 실권을 자신이 틀어쥐기 위해 장로님들을 죄다 죽여 버린 겁니다. 아마 그 자리에 제1대 장로님이 계셨다면 세상을 하직하셨을지도 모르지요."

현재 명화방의 장로 중에서 유일하게 살아남은 사람은 오직 천하랑 한 명뿐이었다.

하지만 워낙 위치 파악이 힘든 천하랑이기 때문에 그가 죽었다고 해도 이상할 것은 전혀 없었다.

"지금 내가 감옥에 들어가서 죽을 때까지 썩다가 나온다고 해도 후회는 없습니다. 나는 옳은 일을 했으니까요."

"뭐, 좋습니다. 당신의 말이 다 맞는다고 치자고요. 그렇다고 해서 지대공미사일까지 동원해서 사람을 공격한 것은 옳지 않습니다. 법에 위배되는 일이라고요. 차라리 사로잡아 법정에 세웠다면 영웅이 되었을지도 모르죠."

"그런 놈을 법정에 세워봤자 감옥에서 몇 년 썩고 나오는 것이 전부입니다. 그럴 바엔 차라리 내 손으로 그놈을 처단하는 것이 나아요. 비록 법을 어겼다곤 해도 말입니다."

"허 참……."

형사는 임영철에게 장주원이 이번 사건에 개입했다는 것에 대한 증거를 제시하였다.

"뭐, 좋습니다. 당신의 말처럼 장주원이 살인 교사를 했다고 칩시다. 그럼 그에 대한 증거가 있어야 할 것 아닙니까?"

"증거? 있지요."

그는 주머니에서 쪽지를 한 장 꺼내어 형사에게 건넸다.

"장주원이 명화금융을 통해 와룡기획에 돈을 건넸습니다. 그것도 페이퍼 컴퍼니를 통해서 말이죠."

"아델트 컴퍼니라?"

"외국 계열 스피커 회사와 자동차 부품 회사를 인수하여 두 개를 통합시켰습니다. 그리고 그 회사를 통하여 와룡기획 소관에 있던 회사를 500억에 인수했습니다. 건물, 등기, 기타 등등 다 뺀다고 해도 시가 50억도 안 되는 회사를 말입니다."

"그렇다면 450억이 그들의 손아귀로 넘어간 것이군요?"

"예, 그렇습니다."

형사는 이쯤에서 와룡기획이 뭔지 궁금해졌다.

"그런데 와룡기획이 어떤 회사입니까? 청부업자 집단인가요?"

"예, 그렇습니다. 와룡기획은 대부분의 자금을 살인 청부로 충당하는 페이퍼 컴퍼니입니다. 그 뒤에는 정체불명의 암살자 집단이 기거하고 있지요."

"와룡기획이라는 회사로 돈을 보냈다······."

"만약 그렇게 의심된다면 명화그룹을 한번 털어보는 것이 어때요?"

"그렇게 하자면 증거가 확실해야 영장을 발부받을 수 있어요."

"증거는 이미 드렸잖습니까?"

"흠······."

"혐의 입증에 자신이 없다면 포기하셔도 됩니다. 하지만 이런 초대형 사건을 남에게 넘기시긴 싫겠지요?"

형사는 어쩔 수 없이 고개를 끄덕였다.

"뭐, 좋습니다. 당신의 말대로 명화금융을 한번 시원하게 뒤엎겠습니다. 하지만 만약 당신이 말한 것이 사실과 다르다면 정말 제대로 각오하시는 것이 좋을 겁니다."

"후후, 좋을 대로 하시죠. 난 분명 진실만을 말한 것이니."

이로써 장주원을 죽인 사람과 명화방 장로들을 살해한 사람들이 동시에 밝혀진 셈이다.

하지만 경찰들로선 이런 엄청난 사건을 어물쩍 넘길 수가 없었다.

형사들은 장주원의 혐의를 입증하기 위해 움직이기 시작하였다.

그날 오후, 명화금융 본사 건물로 수백 명의 경찰과 검찰청 인력이 몰려들었다.

경시청 수사본부장은 본사 직원들에게 엄포를 놓았다.

"자, 지금부터 명화금융의 압수 수색을 실시하겠습니다. 모두 두 손을 머리 위로 올리고 그 자리에서 천천히 일어서 주세요. 만약 협조를 제대로 잘하신다면 우리는 순한 양처럼 할 일만 끝내고 조용히 돌아갈 겁니다. 하지만 그와 반대로 반항하거나 우리의 뜻에 반하는 행동을 한다면 오늘 한번 제대로 매운맛을 보여드리겠습니다."

경찰들이 명화금융의 전산망에 접속하여 정보를 유출시키는 동안, 명화금융의 사장 조규철이 달려 나왔다.

"지금 이게 뭐하는 짓입니까?!"

"보면 모르십니까? 우리의 할 일을 하고 있습니다."

조규철 사장은 어처구니가 없다는 듯이 말했다.

"당신들의 할 일은 민생의 행복과 치안을 지키는 일이지, 이런 식으로 야쿠자처럼 행동하는 것이 아닐 텐데요?!"

"후후, 야쿠자… 뭐, 우리가 그런 소리를 자주 듣긴 하지요. 하지만 말이야 바른 말이지, 당신들 무인 세력이 더 야쿠자처럼 행동하지 않습니까? 권력과 힘을 앞세워서 사회를 어지럼히고 이득을 취하지요. 이게 야쿠자가 아니면 도대체 뭡니까?"

"……."

조사관들은 명화금융의 거의 모든 자료를 털어 외장하드에 차곡차곡 보관하였다.

"그나마 컴퓨터를 통째로 들고 가지 않는 것에 감사하시기 바랍니다. 만약 우리 검경이 마음먹고 했다면 지금쯤 명화방은 그야말로 쑥대밭이 되었을 겁니다."

"…고맙군요."

표정이 처참하게 일그러진 조규철에게 조사관들이 비꼬듯이 말했다.

"그렇게 평소에 좀 잘하지 그러셨습니까? 이 은행 만든다고 나라에 돈이다 뭐다 잘 뿌리긴 했습니다만, 결국 그게 국회의원들 아가리로 다 들어가지 않았습니까?"

"뭐요?!"

"솔직히 말해서 겉보기엔 그럴싸한 사회 기부지만 사실은 국회의원들을 끄나풀로 묶어두고 마음대로 자금을 휘두르려던 것 아닙니까?"

명화방이 처음 명화금융을 세웠을 당시, 재계와 정계에서의 반발이 생각보다 심각했다.

현재 일본 내 에너지 산업의 거의 대부분을 차지하고 있는 초거대 산업 자본인 명화방이 은행까지 소유하게 된다면 사실상 금산의 경계가 무너질 것이라는 관측이 대부분이었기 때문이다.

하지만 명화방은 이러한 반발들을 누그러뜨리기 위해 몬스터 코어의 가격을 대폭 삭감하고 사회 공헌에 이바지하는 수많은 봉사 활동을 펼쳐 나갔다.

그 때문에 민생이 구제되었다는 소리가 있을 정도로 많은 자본이 풀려 나갔지만, 여전히 명화금융은 사람들의 입방아에 오르내리고 있었다.

아마 이번 뇌물 공여 혐의가 인정된다면 명화방은 크나큰 타격을 입을 것이 뻔했다.

조규철은 명화방에 또 한 번의 위기가 찾아왔음을 절감했다.

'도대체 장주원 부회장은 무슨 생각으로 그와 같은 일을 벌인 것일까? 아니, 애초에 그가 진짜 이런 일을 벌이긴 한 것일까?'

수많은 의문이 조규철의 머리를 스치고 지나갔으나, 그에겐 그 어느 것 하나 확실한 사실이 없었다.

그는 다음번 인사이동에서 자신이 사장단에서 밀려날 것임을 확신했다.

'뭐, 좋아. 거리로 나앉더라도 한번 밀어붙여 보는 수밖에.'

사라진 장주원을 찾는 것이 그룹을 살리는 길이니 그것에 목숨을 거는 수밖에 없었다.

그는 부하 직원들에게 단 한 가지 행동만을 지시하였다.

"평소와 같이 일하게. 저들이 무슨 짓을 하든 우리는 우리의 길을 가면 되는 거야."

"예, 사장님."

조규철은 장주원의 행적을 쫓기 위해 생업까지 내팽개치고 길을 떠났다.

*　　　*　　　*

명화금융이 조사를 받던 그 시점, 놀라운 일이 벌어졌다.

쥬마루 마에카와의 집을 습격했던 범인이 스스로 경찰에 자수를 하며 나선 것이다.

그는 자신이 나머지 네 명의 장로 역시 살해하였고, 그 살해 방식은 저격이라고 일축하였다.

범인의 이름은 쇼헤이 키타무라, 나이는 스물네 살이었다.

스스로 경찰서를 찾은 그는 자신이 저지른 것은 그저 또 다른 청부였을 뿐이라고 말했다.

"저는 살인을 하는 사람이 아니고 중개업자입니다. 청부를 중개해 주고 수수료를 받지요."

"그런데 그날따라 사건 현장에는 왜 따라간 겁니까?"

"중요한 건이라서 제가 직접 참관할 수밖에 없었습니다. 아마 다른 사람들이 죽어 있는 현장에도 제 흔적이 남아 있을지도 모릅니다."

"흔적이라면……."

"족적이라든가 담배, 아니면 타액일 수도 있지요."

경시청 수사부장 히로시 무라카미는 도저히 이해할 수 없다는 표정을 지었다.

"뭐, 좋습니다. 당신이 범인이라고 치자고요. 그렇다면 도대체 무엇 때문에 이 짓을 벌이는 겁니까? 청부를 중개해 주었으면 그냥 돈이나 받고 잠잠히 살면 될 것을 말이죠."

"…반대편에서 클라이언트의 이름을 까발렸으니까요."

"그게 무슨 소리입니까?"

"생각을 좀 해보세요. 내가 청부 중개를 해준 사람이 어디 한둘이겠어요? 그런데 갑자기 클라이언트의 이름이 알려졌다, 그리고 그로 인해 수사까지 시작되었다. 만약 나에게 살인 청부를 맡긴 사람들이 이 소식을 들으면 가만히 있겠어요?"

"그러니까 당신은 목숨이 아까워서 경찰을 찾은 것이라는 소리군요."

"살자면 어쩔 수가 없어요. 그나마 감옥은 사람을 죽이기가 쉽지 않으니 최소한 목숨은 건지겠지요."

"허 참……."

"그리고 명화방의 장로들을 죽인 장본인이 바로 접니다. 그놈들이 퍽이나 나를 내버려 두겠군요. 모르긴 몰라도 길거리를 지나다가 쥐도 새도 모르게 죽일 수도 있겠죠. 그놈들은 그만한 능력이 충분하니까요."

무라카미 부장은 고개를 가로저었다.

"인생 참 복잡하게 사십니다. 그러게 왜 살인 청부 중개 같은 짓을 했어요?"

"먹고살기 힘드니까 그랬죠."

"뭐, 좋습니다. 당신이 살인 청부 중개를 했다는 사실은 알겠어요. 하지만 그에 대한 증거가 없으면 그냥 풀려납니다. 우리도 죄를 지은 사실을 시인했다고 100% 다 집어넣을 수 있는 권한은 없거든요."

"그럼 어떻게 해야 합니까?"

"어떤 식으로든 당신이 청부 중개를 했다는 사실을 입증해야 합니다. 그렇지 않으면 아무리 죄를 주장해도 증거 불충분으로 풀려날 테지요."

"…제기랄. 나더러 진짜 죽으라는 소리인가요?"

"그럼 어쩝니까? 나더러 그럼 생사람 잡아서 처넣으라는 소리입니까? 내가 그런 막무가내로 보여요?"

"아니요, 그건 아니지만……."

"한번 잘 생각해 봐요. 당신이 어떤 선택을 하는 것이 옳은지."

"……."

그는 아주 잠깐 생각에 잠겨 있다 이내 입을 열었다.

"좋아요, 그렇다면 한 가지만 약속해 줘요."

"말해봐요."

"내 신변을 보호해 주실 수 있습니까?"

"살인자들이 찾아서 죽일 수 없도록 보호를 해달라는 소리입니까?"

"나도 살아야 할 것 아닌가요? 이대로 죽을 수는 없으니 생명을 보장해 달라는 소리입니다."

무라카미는 고개를 끄덕였다.

"뭐, 좋습니다. 한번 말해보세요. 증거가 있습니까?"

"제가 중간에서 돈을 송금해 준 증거입니다. 300억은 선금, 나머지 200억은 잔금입니다."

"억이면……."

"원이요. 한국계 자본금."

요즘 한국의 원화가 강세인지라 동북아시아의 돈거래는 거의 대부분 원화로 이뤄지곤 했다.

새로운 안정 자본으로 각광을 받고 있을 정도로 탄탄한 원화이기에 청부 대금으로 사용되었다고 해도 이상할 것은 없었다.

"아무튼 이 자금을 애니엘 파이낸셜로 보냈습니다. 그곳에서 다시 투자 형식으로 와룡기획으로 보냈고요."

　"오호라, 그렇다면 이 한 방으로 놈들을 일망타진할 수도 있겠군요."

　"하지만 지금 와룡기획은 거의 와해된 것이나 마찬가지라서 애니엘 파이낸셜을 뒤질 수밖에 없을 겁니다."

　"뭐, 그 정도면 충분합니다."

　세 개의 기업이 모두 다른 국적을 가지고 있기 때문에 수사가 조금 힘들긴 하겠지만 무라카미 나름대로는 아주 제대로 된 건수라고 볼 수 있었다.

　그는 피의자, 혹은 제보자 쇼헤이의 어깨를 두드렸다.

　"잘했어요. 앞으로 당신은 내가 지킵니다. 아니, 우리 경시청이 명예를 걸고 지키겠습니다."

　"…고맙군요."

　조금 떨떠름한 표정의 쇼헤이였지만 전보다 안심은 되는 모양이다.

　"자, 그럼 밥이나 먹으러 갑시다."

　"네."

　두 사람은 조사실에서 나와 경찰 구내식당으로 향했다.

＊　　　　＊　　　　＊

부다페스트의 한 지하실 안.

손과 발이 쇠사슬로 꽁꽁 묶인 박미현과 전민우가 피를 철철 흘리고 있다.

똑, 똑.

그런 두 사람의 앞에 선 유이나가 두 사람에게 물었다.

"자, 지금도 대답할 생각이 없나?"

"…아, 아닙니다!"

"대답이 늦었는데……."

그녀는 이미 팔다리를 절뚝거리고 다닐 정도로 심각하게 훼손된 두 사람의 신체를 칼로 툭툭 건드렸다.

그러자 그곳에서 또다시 피가 흘러나왔다.

푸슉.

"허, 허억!"

이제는 피만 봐도 비명을 내지를 정도로 혹독하게 심문을 당한 두 사람은 정신 개조가 제대로 되어 있었다.

유이나가 다시 물었다.

"나의 주인에게 또 반항할 생각이……."

"어, 없습니다!"

전민우가 자신도 모르게 오버랩을 내지르자, 유이나가 싸늘하게 표정을 굳혔다.

"감히 조련사가 말하는데 개가 오버랩을?"

"죄, 죄송합니다!"

"잘못했어?"

"예, 예!"

"잘못을 했으면 벌을 받아야지?"

그녀는 가방에서 아주 작은 송곳을 꺼내 들었다.

챙!

날이 바짝 선 이 송곳은 거의 머리카락 수준으로 가늘었지만, 몬스터 코어로 가공하여 무려 150kg의 압력을 견딜 수 있었다.

만약 이것으로 사람을 찌른다면 아주 미세한 상처를 낼 수 있을 것이다.

푸욱.

그녀가 전민우의 아킬레스건을 깊게 찌르자, 그의 몸에 전율이 일어났다.

"어, 어허어억!"

"후후, 맛이 어때? 잘못을 뉘우칠 정도인가?"

"자, 잘못했습니다!"

"너는 뭐야? 네놈은 나에게 뭐라고?"

"개, 개자식입니다! 저는 개자식입니다!"

"그래, 네놈의 출신 성분이 어떻든 간에 네놈은 이제부터 개자식이다. 알겠나?"

"…예!"

도대체 끝날 줄을 모르는 그녀의 고문은 부하들마저 오금을 저리게 만들 정도로 처절하였다.

잠시 후, 지하실의 문이 열리며 천하랑이 들어섰다.

끼익.

그녀는 하던 고문을 잠시 멈추었다.

"오셨습니까?"

"어때? 입은 좀 열 기미가 보이나?"

유이나는 슬그머니 미소를 지었다.

"후후, 글쎄요."

"아아, 그런가? 그럼 더 데리고 놀아주시게."

두 사람은 동공이 풀린 눈으로 천하랑을 바라보았다.

그제야 천하랑이 두 사람의 정신 개조를 알아차려 주었다.

"뭐, 이 정도면 충분히 정신이 나간 것 같은데?"

"아닙니다. 아직도 말하는데 중간에 가로챈다든지, 혹은 약간의 반항기가 보이는 행동을 하곤 합니다."

"음……."

전민우는 목숨을 걸었다.

"천하랑 님! 저는 개입니다! 개는 주인이 묻는 말에 무조건 대답합니다!"

"정말인가?"

"멍멍!"

아예 인격이 말살된 전민우가 혀를 길게 쭉 빼곤 숨을 헐떡 거렸다.

"헥헥, 헥헥!"

"…아주 제대로 고문했군."

유이나는 아주 만족스러운 표정으로 전민우를 바라보았다.

"원하신다면 아예 반쯤 죽은 시체로 만들어 드릴 수도 있습 니다. 저희 명화방에선 그것을 좀비라고 부릅니다."

"아니, 괜찮다. 이만하면 됐어."

천하랑은 간이 의자를 가져다가 그들의 앞에 앉았다.

그는 한때 문하에 있던 박미현이 안쓰럽게 느껴질 때도 있 었지만 지금은 그저 사문을 배신한 파렴치한으로밖에 보이지 않았다.

"박미현."

"예, 예!"

"처음부터 차근차근 설명해 봐라. 너희들의 정체가 무엇이 냐?"

그녀는 거침없이 스스로의 과거와 정체에 대해 설명하기 시 작했다.

"저희 두 사람… 아니, 두 마리의 개는 청야원이라는 고아원에서 자랐습니다."

"청야원이라……."

"그곳에서 뛰어난 자질을 보이는 아이들은 청야성의 휘하에 있는 각 기구를 통해 뿌려집니다. 그렇게 되면 그곳에서 생사를 결정하게 되는 겁니다."

"각 기구의 성격에 따라서 각기 다른 훈련을 거치게 되는 것이군."

"예, 그렇습니다."

"그렇다면 너희들은 어느 곳에 소속되어 있었나?"

"저희들은 화이트 월이라는 정보 조직에 소속되었습니다. 무공의 자질은 그리 뛰어나지 않았습니다만, 눈치가 빠르고 순발력이 좋았기 때문입니다."

"흠, 그렇다면 그곳에서 이곳으로 올 때의 기억이 아직 남아 있겠군."

"물론입니다."

"누가 너희들을 이곳에 스파이로 심은 것이냐?"

그녀는 이번에도 거침없이 말했다.

"천태홍입니다."

"…누구?"

"명화방주 천태홍이 저희 두 마리의 개를 데려다가 직접 세작으로 썼습니다."

천하랑은 믿을 수 없다는 표정으로 되물었다.

"나의 사형이신… 명화방의 총수인 천태홍이 너희들을 데려다가 직접 스파이로 키웠다는 말이냐?"

"예, 그렇습니다. 저는 장희원 검객의 문하에서 검을 배웠고, 전민우는 사성회로 팔려갔습니다. 그곳에서 첩자질을 했지요."

"허어! 그렇다면 사성회의 부회주도 이 사실을 알고 있나?"

"아닙니다. 그는 전민우가 첩자라는 사실을 아예 까마득히 모르고 있습니다."

천하랑은 하도 어처구니가 없어서 실소를 흘렸다.

"하, 하하, 하하하! 살다 보니 별의별 일이 다 생기는군."

"……."

"네놈들, 지금까지 우리의 정보를 얼마나 빼돌린 것이냐?"

"알고 있는 거의 모든 것을 빼돌렸습니다."

방주가 직접 첩자를 심었다면 지금껏 명화방에서 빠져나간 정보들은 거의 기업을 고스란히 복제했다 말할 수 있을 정도일 것이다.

그는 마치 하늘이 다 무너져 내리는 느낌이다.

"설마하니 사형께서……."

"송구합니다."

천하랑은 머리를 부여잡은 채 말했다.

"…좋아, 네놈들의 말이 모두 사실이라고 치자. 그렇다면 어째서 사형이 너희들을 첩자로 심은 것이냐? 대사형이 끄나풀이라면 굳이 첩자를 들일 필요가 없었을 텐데."

"회장의 승계 구도를 획일화시키려면 공작원이 필요했습니다. 저희 둘은 그 공작원 노릇을 지금까지 해낸 것이고요."

"결국 지금껏 자신의 핏줄로 회장 직위를 대물림하기 위하여 그 많은 사람을 다 죽인 것이란 말이군."

"예, 그렇습니다."

그는 지금까지 자신이 일으켜 온 명화방이 과연 무엇이었는지 자괴감까지 들었다.

바로 그때, 문이 부서지며 한 사내가 튕겨져 나왔다.

콰앙!

"쿨럭쿨럭!"

그는 명화자객단의 부단주 왕필교였다.

그것을 본 천하랑의 표정이 사정없이 일그러졌다.

"…뭐야?"

"살려주십시오."

천하랑은 검을 뽑았다.

스릉!

"이 세상의 그 어떤 누구도 내 사람에게 손을 댈 수는 없다! 어떤 놈이냐?! 감히 겁도 없이!"

잠시 후, 계단에서 피투성이가 된 와타루가 쓰러지듯 나타났다.

쿵!

"…사형."

"와, 와타루?!"

"죄송합니다. 오랜만에 와서 이런 꼬락서니로 인사드려서 말입니다."

천하랑은 너무 놀란 나머지 바닥에 검을 떨어뜨리고 말았다.

챙그랑!

"어, 어떻게 된 일이냐?! 몰골이 왜 이래?!"

"…면목 없습니다. 일흔이 넘어서 이런 꼴이라니. 너무 꼴사납지요?"

"아니다!"

그는 일단 와타루의 혈도를 점하여 피를 멎게 만들었다.

투둑!

그러자 와타루가 한결 편해진 얼굴로 말했다.

"부득이하게 사형을 찾아온 것은 이것을 전해드리기 위함입니다."

"……?"

와타루의 손에는 명화방주가 모두를 배신했으며 다섯 사형제를 전부 다 죽였다는 정황이 나와 있었다.

또한 이 모든 죽음에 대하여 장주원이 누명을 썼다고 말하고 있었다.

촤라라락!

그는 분노에 찬 표정으로 쪽지를 갈가리 찢어버렸다.

"…이런 개자식을 보았나?! 감히 나의 사제들을 살해하고 그것을 자신의 제자에게 뒤집어씌워?!"

"사형, 그리고 명화자객단에 끄나풀이 섞여 있었습니다."

순간, 천하랑의 눈길이 날카로워졌다.

"…뭐라?"

"작금의 이 사태가 벌어질 때까지 사형께서 아무것도 몰랐다는 것은 말도 안 되는 일입니다. 저놈들, 대사형이 일을 칠 때까지 정보를 흘리다가 결정적인 순간에 막은 겁니다. 바로 저놈, 부단주 말입니다."

와타루에게 지목을 받은 부단주 왕필교가 고개를 푹 숙였다.

"사, 살려주십시오!"

"이런 개자식을 보았나?!"

천하랑이 그를 쳐 죽이려 하자 유이나가 만류하였다.

"장로님, 저놈을 그냥 죽이시면 물갈이를 할 수 없습니다. 어떤 자식이 끄나풀인지 확실히 알아내야 합니다."

"후우, 그건 그렇군."

유이나는 천하랑에게 앞으로의 일에 대한 명령을 구하였다.

"장로님, 어떻게 할까요?"

"지금 당장 명화자객단과 휘하의 모든 정보 집단, 정보원들을 소집하라!"

"명을 받듭니다!"

천하랑은 쇠사슬로 묶여 있는 두 사람의 얼굴을 검의 손잡이로 후려쳤다.

빠악!

"쿨럭쿨럭!"

"으으으으……."

"…네놈들은 반드시 죽이겠다. 그런 줄 알고 있어라."

"……."

두 사람을 이곳에 남겨두고 돌아서려던 천하랑이 불현듯 물었다.

"그나저나 태하가 찾고 있던 희원이의 반지는 어디로 빼돌린 것이냐?"

"저희들이 가지고 가지 않았습니다. 저희들이 찾아갔을 때엔 이미 반지는 사라지고 없었습니다."

"흠, 그렇단 말이지."

"예, 천하랑 님. 이것은 거짓 없는 진실입니다."

"진실이라… 네놈들의 주둥이에서 진실이라는 소리가 나오니 역겹군. 다음부턴 그딴 소리는 지껄이지 마라."

"명심하겠습니다!"

천하랑은 다 죽어가는 사제를 부축하였다.

"나갈 수 있겠어?"

"…물론입니다."

"일단 나가서 치료부터 받으세. 남은 일은 내가 알아서 처리할 테니."

"아닙니다. 저도……."

"쉿! 그만, 그만하게. 자네는 이만 병원에서 쉬고 있어. 이 몸으론 나를 돕는 것이 아니라 방해만 될 걸세."

"예, 사형."

두 사형제는 인근 대학병원으로 향했다.

*　　　　*　　　　*

대전의 한 오피스텔로 허름한 복장의 백인이 찾아왔다.

딩동!

―누구시죠?

"울면이요!"

양손에 아무것도 없는 그가 울면이라고 대답하자 금세 문이 열렸다.

철컥!

문을 열고 나온 사람은 다름 아닌 태하였다.

"찰리 잭슨 씨?"

"예, 제가 찰리 잭슨입니다."

"반갑습니다. 김태하라고 합니다."

서로 악수를 나눈 두 사람은 주변을 살핀 후 오피스텔 안으로 들어섰다.

찰리는 오피스텔의 내부 전경을 살피곤 깜짝 놀랐다.

오피스텔이 아래로 3층, 옆으로 일곱 칸을 뚫어서 만든 일종의 요새와도 같았기 때문이다.

이곳에는 당장 전쟁을 치러도 될 정도로 많은 무기와 슈퍼 컴퓨터 등이 구비되어 있었다.

찰리는 오피스텔 창가에 서 있는 익숙한 그림자를 발견했다.

"베릭스!"

"왔나?"

"자네, 살아 있었군!"

"그럼 내가 죽은 줄 알았나?"

"내가 죽을 뻔했으니 추격대를 등에 업고 달리던 자네는 진

즉 죽었다고 생각했어."

"…또 헛소리군. 내가 자네를 쓰레기통에서 빼내고 DNA를 바꿔치기하느라 얼마나 고생했는지 알아? 기껏 살려놓았더니 자꾸 신소리만 하네."

"아, 아아, 그게 자네였어?"

"그럼 나 말고 누가 자네를 살려놓고 DNA까지 바꿔치기하겠나? 그 당시엔 화수 역시 쫓기던 몸이었는데 말이야."

"그렇군."

태하는 찰리에게 러시아의 안전 가옥에 머물고 있는 화수에 대한 얘기를 해주었다.

"지금 러시아의 안전 가옥에서 강화수 씨가 당신들을 기다리고 있습니다. 자세한 얘기는 그곳에 가서 하기로 하시죠."

"화수가 살아 있다니, 천운이로세!"

"타이밍이 좋았습니다. 잘못했으면 그 역시 황천길로 갈 뻔했다고 하더군요."

"원래 그 친구야 생과 사를 자기 마음대로 넘나드는 친구이니 아마 죽었다고 해도 안 믿었을 겁니다."

"하하, 그렇군요."

태하는 그에게 또 다른 두 사람을 소개해 주었다.

"그보다 지금 당신에게 소개할 사람들이 있습니다."

"……?"

오피스텔의 한쪽 구석에 설치되어 있던 간이 감옥이 열리면서 손발이 다이아몬드 사슬로 꽁꽁 묶인 레이첼 일행이 걸어 나왔다.

철컹!

"…빌어먹을 자식들 같으니. 이러고도 너희들이 살아남을 성싶으냐?!"

"레이첼?!"

"저 옆에 있는 여자는 오필리아다. 정말이지, 이렇게 질긴 악연이 또 있나 싶더군."

이 네 사람은 서로를 너무나도 잘 알고 있었다. 그렇기 때문에 태하가 따로 소개를 할 필요도 없을 것 같았다.

"구면인 것 같으니 인사치례는 넘어가시죠. 듣자 하니 이 두 사람에 대해서 아는 것이 좀 있다고 하시던데, 어떻습니까? 이곳에서 하시겠습니까, 아니면 러시아로 가셔서 하시겠습니까?"

"아무래도 화수 그 친구가 있는 곳으로 가는 편이 낫겠지요."

"좋습니다. 그럼 오늘 저녁에 러시아로 출발하는 것으로 하죠."

"그렇게 하십시오."

태하는 두 여자를 다시 감옥에 가두어 버렸다.

＊　　　　＊　　　　＊

　그날 밤, 태하는 츠바사의 도움을 받아 러시아 안전 가옥까지 무사히 도착할 수 있었다.

　그는 전용 비행기에 레이첼과 오필리아를 싣고 날아와 그녀들을 안전 가옥 가장 마지막 층에 있는 지하 감옥에 수감했다.

　그곳에는 총 25중으로 된 방호벽과 3만 개의 센서가 부착되어 있어 제아무리 무공의 고수가 나타난다고 해도 결코 빠져나갈 수가 없다.

　그녀들까지 완벽하게 수감시켜 놓은 태하는 일행을 모두 불러 모아 술을 한잔 걸치기로 했다.

　강화수는 죽었다고 생각한 두 사람을 다시 만났다는 것에 몹시 기뻐하고 있었다.

　"하하하! 이렇게 반가울 수가 있나?! 자네들이 살아 있다는 것을 알고 나니 십 년 묵은 체증이 다 사라지는군!"

　"나는 앞길이 막막해. 다시 놈들을 쫓아다녀야 한다고 생각하니 벌써부터 허리가 쑤셔와."

　"참, 자네도 실없는 소리를 참 잘해."

　베릭스는 자신이 어떤 사람인지 궁금해할 태하와 츠바사에게 노스트룩스에 대한 얘기를 해주기로 했다.

"실없는 소리 그만하고 제대로 된 얘기를 해봅시다. 두 사람 모두 노스트룩스에 대해서 궁금하셨지요?"

"물론입니다. 그저 살인 청부를 한다는 것밖에는 들은 것이 없어서요."

"그래요. 당연히 그럴 겁니다. 노스트룩스를 제압할 수 있는 단체는 지금껏 한 번도 나타난 적이 없거든요. 그러니 정체가 탄로 날 일도 없었지요."

"흠……."

"노스트룩스의 암살자들은 조금 특별한 수술을 받았습니다. 심장과 뇌, 그리고 하복부에 몬스터 코어를 이식받았지요."

"……!"

그는 자신의 총을 꺼내어 권총 탄을 장전시켰다.

철컥!

"잘 보십시오."

베릭스는 돌기둥을 향해 총을 쏘았다.

타앙!

파란색 잔상을 남기며 날아간 총알은 놀랍게도 왼쪽으로 곡선을 그리며 꺾어져 날아갔다.

그런 후 돌기둥 너머에 있는 나무 조각상을 정확하게 맞추었다.

퍼억!

태하와 츠바사는 놀라지 않을 수 없었다.

"저, 저것은……?"

"총무라는 무공입니다. 혹자는 화약무공이라고 부르기도 하는데, 사실 이 무공을 사용하자면 화경 이상의 무공이 필요합니다. 더군다나 총무에는 인간의 신체로선 도무지 펼칠 수 없는 구결도 많기 때문에 일반적인 무인들은 배울 수도 없습니다."

"흠, 그렇군요."

"이 모든 것을 가능케 하는 것은 몬스터 코어입니다. 제 안에는 몬스터 코어에서 힘을 추출할 수 있는 대체 신경들이 이식되어 있습니다. 이것을 통하여 반영구적인 몬스터 코어의 힘을 충분히 발휘할 수 있는 것이지요."

"대단한 기술력이군요."

"청야성의 기술력은 상상을 초월합니다. 그들은 아주 오래전부터 권력과 재력을 차곡차곡 쌓아온 사람들입니다. 차곡차곡 쌓은 권력과 재력을 바탕으로 전 세계 최강국들을 휘어잡고 그 안에서 개발되는 모든 과학기술을 자신들이 독차지했습니다. 그중에서도 가장 심각한 것이 바로 블랙슈거 프로젝트의 강탈이었지요."

표면적으로는 미국이 가로챈 것으로 보였겠지만, 사실상 블랙슈거는 청야성의 비밀 병기를 개발하는 핵심 기술로써 사용되고 있었던 것이다.

"이러한 몬스터 코어의 활용으로 인하여 반쪽짜리 무공고수도 마구 양산할 수 있게 되었습니다. 아마 잘 아실 겁니다. 와룡기획에서 모집한 반쪽짜리 현경고수들과 화경고수들 말입니다."

"잘 알지요. 당문을 앞세워 범죄를 벌이지 않았습니까?"

"그들 역시 블랙슈거로 만들어졌습니다. 당문에서는 자신들이 영약으로 반쪽짜리 고수가 되었다고 생각하고 있을 겁니다. 하지만 아니었습니다. 그들은 몬스터 코어를 기반으로 만들어진 일종의 스테로이드를 복용하여 그 경지에 이른 것이었지요."

"물약으로 고수를 생산한다?"

"만약 그게 가능해지면 아주 끔찍한 일이 벌어지겠지요. 하지만 다행히도 지금까지 그것이 100% 구현되는 것은 불가능합니다."

"정말 다행이군요."

"인간의 몸에 몬스터 코어를 직접 삽입하는 것만으로도 충분히 대단한 일이지만 그들은 이러한 번거로움을 없애고자 별의별 실험을 다했습니다. 아까도 보셨겠지만 몬스터와 인간의 혼혈이 실용화 실험을 거치고 있습니다. 물론 100% 완벽하지는 않습니다. 그래서 그것을 2차 실험에 붙였는데, 몬스터 코어를 삽입한 인간에게 줄기세포를 이식하는 것이었습니다."

"그렇게 된다면 진짜 괴물이 탄생하겠군요."

"그래서 괴물이 탄생했습니다. 아까 당신이 사로잡은 그 둘, 그녀들은 모두 2차 실험에 동원된 피실험자들이었습니다."

태하는 그녀들이 펼친 무위에 대해서 생각해 보았다.

"어쩐지… 한 문파의 후기지수를 창술 한 방에 보내 버릴 때부터 심상치 않다고 생각하긴 했습니다."

"그녀들은 원래 노스트룩스의 암살자였습니다. 그런데 강력해진 자신의 힘에 아직도 불만을 품고 과감히 실험에 도전한 것이지요."

"부작용은 없습니까?"

"있지요. 가끔씩 분노 조절이 안 된다든지 본능을 억제할 수 없다든지, 뭐 그런 종류의 원초적인 문제들이 있습니다. 하지만 그것은 동시에 가장 심각한 문제라고 볼 수 있지요."

"뭐, 그러거나 말거나 저 여자들은 강해지기 위한 것이라면 사람도 잡아먹을 겁니다."

"세상에는 별의별 사람이 다 있군요."

"청야성에는 수많은 기관이 있습니다. 우리는 그것의 극히 일부분만 발견한 겁니다. 앞으로 뭐가 더 나올지는 아무도 몰라요.”

그는 태하에게 경고하였다.

“청야성은 엄청난 숫자의 끄나풀을 데리고 있습니다. 그러니 정말 신뢰할 수 있는 사람이 아니라면 절대로 믿지 마세요.”

“잘 알겠습니다.”

네 사람이 한창 얘기를 나누고 있는데, 츠바사가 태하에게 다급한 표정으로 말했다.

“형, 큰일인데?!”

“큰일?”

“주원 외숙이 실종되고 명화방의 장로님들이 줄초상을 당했대. 그리고 그 줄초상을 낸 사람이 다름 아닌 외숙이라고 몰린 상황인 모양이야.”

“…뭐라?!”

“아무튼 일단 일본으로 가봐야 할 것 같아. 이거야 원, 뭐가 어떻게 된 것인지…….”

“그래, 그래야겠군.”

츠바사는 태하를 일본으로 보내고 자신은 개방의 분타주들을 만나기로 했다.

“형은 일본으로 어서 빨리 내려가 줘. 나는 타구봉의 행방이 밝혀졌다는 소문을 듣고 몰려든 개방의 분타주들을 만나러 갈게."

"그래, 그렇게 하자."

태하는 세 사람에게 앞으로의 일정에 대해 물었다.

"세 분은 이제 어떻게 하실 작정입니까?"

"만약 하오문이 받아주기만 한다면 이곳에서 계속 첩자 생활을 하고 싶습니다."

츠바사는 고개를 끄덕였다.

"그렇게 하십시오. 하오문에 정식으로 들어와 일원으로서 살아간다면 많은 도움이 될 겁니다."

"고맙습니다. 배려해 주셔서."

이제 세 사람은 하오문의 휘하에서 정보원으로 일하게 될 것이다.

*   *   *

서울 스카이브릿지타워 지하에 위치한 와인 바에 국회의원 김명주가 들어섰다.

그의 수행비서와 보좌관이 깊이 고개를 숙였다.

"그럼 즐거운 시간 되십시오."

"그래, 먼저들 들어가게."

김명주는 흰색 봉투를 두 개 꺼내어 각각 하나씩 건넸다.

"받게. 오늘은 들어가는 길에 꽃집에 들러서 남편 노릇들 좀 하시게."

"이, 이렇게까지 신경 쓰지 않으셔도……."

"내 마음일세. 그리 많지는 않지만 오늘 하루 따뜻하게 보낼 정도는 될 거야."

두 사람은 고개를 꾸벅 숙였다.

"감사합니다!"

"별소리를 다 하는군."

뿌리 깊은 양반 가문 한양 김씨의 장손인 그는 베트남 전쟁에 참전한 참전 용사이며 5.18 민주화운동 등 운동권에서도 활발한 활동을 보여 왔다.

정치사범으로 감옥을 들락거린 그이지만 이제는 그를 기반으로 탄탄한 입지를 다진 정치인이 되었다.

요즘 그는 항상 올바른 목소리를 내는 정치인으로 손꼽히며 민생 구제와 가난 타파를 위해 무던히도 노력하고 있다.

뛰어난 정치가이며 존경받는 국회의원인 그이지만 단 한 가지 흠이 있었다.

그것은 바로 그가 상당한 외골수라는 점이다.

같은 운동권에서 모진 고초를 겪은 동생 김명화가 명화방과 결혼한다고 선언했을 당시, 그는 앞장서 김명화의 파면을 주장하였다.

대한민국의 유서 깊은 명문정파인 사성회의 제자가 명교의 후예인 명화방과 연을 맺는 것으로도 모자라 일본에 근간을 둔 기업과 사돈이 되는 것은 있을 수 없다는 것이었다.

김명화가 파면을 당한 것이 꼭 김명주 때문은 아니지만 그는 유난히도 명화방과 장희원을 싫어하였다.

그도 그럴 것이, 한양 김씨가 항일운동을 하면서 모진 고초를 겪어왔으며 최근에는 역사 왜곡 등으로 첨예하게 대치하고 있었기 때문이다.

어려서 사성회의 가르침을 받은 김명주는 명화방을 적으로 생각하고 있었으니, 동생의 행동을 용서할 수 없는 것은 어쩌면 당연한 일이었는지도 모른다.

와인 바에 앉은 김명주가 바텐더에게 팁을 주며 말했다.

"무슨 와인이 맛있나요?"

"의원님께선 단 술은 별로 안 좋아하시죠?"

"뭐, 그렇지요. 이 나이쯤 되면 단 술은 잘 즐기지 않게 되더군요."

"그렇다면 딱 좋은 술이 있습니다."

그는 영동에서 담근 머루주를 가지고 나왔다.

"와인이 외국에서 오긴 했으나 그것을 개량하면 퓨전이 되지요. 이것은 충북 영동에서 담근 머루주입니다. 머루를 사용했지만 담는 방식이나 보관 방법이 모두 보르도를 따랐지요."

"으음, 취지가 좋군요."

"지금 이 와인의 경우엔 대략 6년쯤 되었습니다. 향이 진하고 풍미가 일품이지요."

"그래요, 그럼 그것으로 하지요."

그는 머루 와인을 잔에 따라 음미하였다.

꿀꺽.

"으음, 좋군요."

"마음에 드신다니 다행입니다."

김명주가 막 와인을 마시고 있는 찰나, 와인 바의 문이 열리며 아이보리색 원피스를 입은 아리따운 여성이 들어섰다.

그녀는 김명주에게 다가와 정중히 고개를 숙였다.

"30분 일찍 나온다고 나왔는데, 어르신께서 먼저 기다리고 계셨군요."

"으음, 벌써 오셨습니까? 혼자서 한잔하려고 일부러 한 시간이나 일찍 나왔는데 허사가 되었군요."

"죄송합니다. 제가 눈치 없이……."

"하하, 어른을 공경해서 일찍 나온 것이 죄송할 일이면 요즘 젊은 사람들은 다 죽어야겠군요."

기분 좋게 그녀를 맞은 김명주는 자리를 내어주었다.

"앉으시죠. 머루주를 시켰는데, 괜찮을지 모르겠습니다."

"좋습니다."

잔을 채운 여자가 김명주에게 정중히 물었다.

"저, 실례가 안 된다면 오늘 저를 보자고 하신 이유를 여쭈어도 되겠는지요?"

"그래요, 남궁세가의 아가씨가 이곳까지 직접 왕림했는데, 그 이유가 궁금하기도 하겠지요."

"당치도 않습니다. 그냥 이제 막 사업을 배우는 처지인 걸요."

그는 그녀에게 사진을 한 장 건넸다.

"이 사람에 대해서 좀 아십니까?"

그녀는 사진을 바라보며 고개를 갸웃거렸다.

"이게 누굽니까?"

"김태하, 직업은 의사입니다. 현재 영국 웨스턴햄스 종합병원의 써전으로 있지요."

"으음."

"인물은 뭐, 기생오라비처럼 생기긴 했지만 커리어는 그냥저냥 봐줄 만합니다. 군대도 군의관으로 다녀왔고요."

남궁세가의 차녀 남궁설아는 그가 무슨 말을 하는 것인지 이해를 하지 못하는 듯했다.

"의사군요. 그런데 의사를 왜……."

"금성그룹 회장님과 얘기가 됐습니다. 다음 주에 얼굴 한번 보고 날을 잡읍시다."

"…날을 잡아요?"

"자세한 것은 회장님께 들으시면 됩니다. 저는 이 아이의 사진을 건네주려고 온 겁니다."

가만히 그의 얘기를 듣고 있던 남궁설아는 그제야 이게 무슨 상황인지 이해하였다.

"혹시 한양 김가와 저희 남궁 가문의 정략에 대해서 말씀하시는 겁니까?"

"그래요. 아주 오래전부터 진행된 문제입니다만, 사정이 생기는 바람에 두 가문이 아주 서먹서먹해졌지요. 이제라도 그 서먹한 벽을 허물려고 하는 겁니다."

그녀는 어려서부터 남궁가와 김가가 사돈을 맺고 전략적 동맹 관계가 되려 했다는 것을 익히 알고 있었다.

하지만 불현듯 김가가 파혼을 선언하는 바람에 전략적 동맹 관계는 유야무야되고 말았다.

"파혼 이후로 30년이 넘게 지났습니다. 과연 두 집안이 화목할 수 있을까요?"

"어차피 우리 두 가문은 필요한 것을 서로 가지고 있습니다. 그쪽에선 한국 땅에서 코어를 가지고 나가서 에너지 장사를 하자면 우리 가문의 힘이 꼭 필요할 겁니다. 우리는 당신들의 넓은 인맥을 바탕으로 수많은 정적을 조금이라도 내 편으로 만들 수 있겠죠."

그녀는 굳이 본가에서 얘기를 듣지 않아도 어떤 것이 최선의 방책인지 너무나도 잘 알고 있었다.

남궁설아는 사리 분별이 뛰어나고 처세 능력이 남다른 여자다.

"그렇다면 아버님과 얘기를 해보고 빠른 시일 내에 그분을 뵙도록 하지요."

"…역시 결단력 있는 아가씨군요."

"어차피 이번 결혼이 아니더라도 저는 언젠가 정략혼을 하게 될 겁니다. 그렇게 되면 분명 무인 집안과 혼사를 치를 텐데, 저는 무인을 별로 좋아하지 않습니다. 그것보다는 의사가 낫지 않겠나 싶습니다."

김명주는 그녀의 당돌한 발언에 웃음을 터뜨렸다.

"하하하! 뭐, 그건 그렇겠네요. 무인보다는 의사라… 그것도 나쁘지는 않겠어요."

"아무튼 이번 주가 지나기 전에 기별을 드리겠습니다."

"그래요. 그렇게 합시다."

그녀는 김명주에게 질문을 한 가지 던졌다.

"그런데 말입니다. 그분께선 이 사실에 대해서 알고 계신가요?"

그는 고개를 저었다.

"모릅니다. 다만, 곧 돌아가실 조부의 소원이라고만 알게 될 테지요."

"만약 제가 좋다고 해도 그가 싫다고 하면 또다시 결렬될 겁니다. 그래도 괜찮을까요?"

"그것을 올바르게 유도하는 것 역시 우리 모두의 몫이라고 생각합니다. 물론 아가씨가 내 조카를 마음에 들어할 때의 얘기지만 말이죠."

남궁설아는 이제 뭐가 어떻게 되어가는 것인지 확실하게 파악했다.

"알겠습니다, 어르신. 나머지 사안에 대해선 천천히 얘기하도록 하시죠."

"고마워요."

두 사람은 남은 잔을 모두 다 비운 후 각자의 갈 길을 갔다.

제5장
개방의 규합

서울역 인근에 위치한 작은 대폿집으로 55명의 노숙자들이 모여들었다.

그들은 하나같이 상거지 꼴을 하고 있었는데, 허리에는 옥색 띠가 둘러져 있었다.

이 옥색 띠는 개방의 일개 분타의 분타주를 뜻하는 것이다.

이들을 한자리에 모이게 만든 장본인이자 하오문의 부문주인 츠바사는 타구봉의 행적에 대해 설명하였다.

"현재 타구봉은 절반으로 쪼개져 각각 보관되고 있습니다.

이는 제 외숙께서 타구봉을 안전하게 지키고자 고안하신 비책이라 사료됩니다."

"그것들은 각각 어디에 있습니까?"

"한쪽은 제 사촌인 김태하 회장의 손에 있고 나머지는 현재 행방불명인 상태입니다."

"회장이라……?"

"제 외숙이 운영하시던 KP그룹의 새로운 총수가 바로 제 사촌입니다."

"아아!"

분타주들은 안 그래도 KP그룹의 총수가 바뀌었다는 소식을 듣긴 했지만 그가 과연 누구인지 자못 궁금해하던 참이다.

그 의문이 풀림과 동시에 타구봉의 행방까지 알게 되었으니 일석이조라 할 수 있었다.

하지만 의문이 풀린 것은 좋은데 나머지 반쪽의 행방을 모른다니 조금 황당해하는 눈치였다.

"반쪽이 없다니, 그게 도대체 무슨……."

"아직까지 밝혀진 것은 없습니다만, 확실한 것은 엉뚱한 사람들의 손에 들어간 것 같지는 않다는 것입니다. 현재 명화방의 천하랑 장로께서 그 행방에 대해 수소문하고 있으니 조금만 기다리시지요."

분타주들은 태하의 등장에 대해서 물었다.

"그렇다면 반쪽이라도 가지고 오는 것이 어떻습니까? 우리가 이렇게 모이기도 힘든데 반쪽이라도 생긴다면 다시 모일 구심점이 되지 않겠습니까?"

"하긴, 그건 그렇죠."

지하 세계의 무인들에겐 명분이라는 것이 생각보다 상당히 중요했다.

제아무리 악인이 있다고 해도 그를 죽일 명분이 없다면 쉽게 칼을 겨누지 못하는 것이 무인들이다.

하지만 그와 반대로 세상 착한 여자가 있다고 해도 그녀를 죽여야 할 명분이 차고 넘친다면 죽이는 것이 무인들이기도 했다.

지금까지 그들이 모이지 못한 까닭도 이와 일맥상통한다고 볼 수 있었다.

사분오열된 개방이 다시 모이자면 흩어진 종파와 계파를 통합해야 하는데, 그렇게 하자면 당연히 이해관계에서부터 충돌하게 될 것이다.

개방의 방주 자리를 놓고 분타주들과 장로들이 충돌한다면 차라리 모이지 않는 것만 못할 것이 분명했다.

이런 이유 때문에 지금까지 개방이 점조직의 형태로 이어져 온 것이다.

서울 분타주이자 개방의 장로인 이명수가 츠바사에게 물었다.

"김태하 회장께선 언제쯤 우리를 만나러 오실 수 있답니까?"

"아직 확실하게 말씀드리긴 힘듭니다. 지금 명화방의 방주가 사문을 배신하는 바람에 난리가 났거든요."

"흠, 그렇군요."

울산 분타주 최성이 55명의 분타주들에게 물었다.

"여기서 하나만 짚고 넘어갑시다. 만약 김태하 회장이 우리에게 도움을 청한다면 어찌해야겠습니까?"

"우리에게 도움을?"

"지금 돌아가는 정황으로 미뤄봤을 때 명화방의 회장은 분명 없어져야 하는 존재입니다. 그런데 그의 세력이 만만치가 않지요. 그의 편을 들어줄 다른 세력의 회장들도 있을 것이고."

"으음, 듣고 보니 그건 그렇군요."

"잘못하면 지하 세계에 또다시 피바람이 불 텐데, 우리는 김태하 회장이 가만히 앉아 죽는 것을 두고 볼 수만은 없습니다."

분타주들이 고개를 갸웃거렸다.

"만약 그가 죽는다고 해도 그것이 우리와 무슨 상관입니까?"

"왜 상관이 없어요? 만약 타구봉을 넘기기 전에 그가 죽는다면요?"

"흠, 그건 그렇지만……."

"더군다나 우리의 신물을 위해 희생된 사람이 벌써 몇 명입니까? 만약 우리가 이 시점에서 저들을 외면한 채 혼자만 잘 살고자 한다면 어찌 개방의 제자라 할 수 있겠습니까?"

개방의 기본 이념은 의, 협, 또한 존재하지만 군림하지 않는 미덕이다.

지금 그들이 비록 흩어진 세력의 방이라곤 하지만 그 가르침까지 깨진 것은 아니었다.

"그러니까 장로님의 말씀에 따르자면 우리가 명화방의 회장 승계에 끼어들어야 한다는 소리군요?"

"놈은 지하 세계를 풍비박산 낸 청야성의 끄나풀입니다. 죽어 마땅합니다. 게다가 김태하 회장과 그 양친의 은공을 잊는다면 차라리 우리는 없느니만 못합니다."

장로들은 고개를 끄덕였다.

"맞습니다. 그건 맞는 말입니다."

"그 호랑말코 같은 놈들만 아니었어도 우리가 이렇게 무시를 받고 살 필요는 없었을 겁니다."

"옳소!"

최성은 츠바사에게 태하와의 연락을 주선하였다.

"바쁘신 것은 알지만 그와 우리가 대면할 필요는 있다고 봅니다. 어떻게 생각하십니까?"

"물론입니다. 억지로 시간을 만들어서라도 와야지요."

"좋습니다. 그럼 우리는 당분간 이곳에서 기다릴 테니 그분을 데리고 와주십시오."

"잘 알겠습니다."

그는 태하와 연락하여 서울역에서의 회합을 주선하였다.

＊　　　　＊　　　　＊

도쿄 타워가 보이는 작은 레스토랑 안.

오사무 카쿠노가 여유롭게 커피를 마시고 있다.

따라라란~

잔잔한 클래식 음악이 흐르는 레스토랑은 전통 이탈리안 푸드를 지향하고 있었으나 그 분위기는 상당히 모던하였다.

이곳은 오사무가 업무를 마치면 습관처럼 들르는 곳이다.

딸랑.

워낙 규모가 작은 레스토랑이라서 누가 문을 열고 들어오면 그 사람의 얼굴이 곧바로 보인다.

오사무는 곧바로 자리에서 일어섰다.

"도련님, 오셨습니까?"

"레스토랑이 소박하군요."

"크기는 소박해도 맛은 일품이지요."

태하는 오사무가 입이 닳도록 칭찬한 레스토랑을 한 번쯤은 와보고 싶었다.

"여긴 뭐가 맛있습니까?"

"마르게리타 피자가 맛있습니다."

"음, 그렇군요."

"칼조네도 일품입니다만, 화덕에서 직접 구운 마르게리타가 아주 그만이지요."

메뉴판에는 스테이크 한 종류, 스파게티 두 종류, 그리고 피자 두 종류가 적혀 있었다.

이곳은 메뉴를 한정적으로 운용하여 맛의 깊이를 더하는 것 같았다.

태하는 마르게리타 피자를 주문하였다.

"마스터, 여기 마르게리타 피자 한 판."

"네, 알겠습니다."

레스토랑의 주인이자 주방장, 지배인인 여인이 빠끔히 고개를 내미는데, 순간 태하는 화들짝 놀랐다.

주인장이 오사무와 너무나도 흡사하게 생겼기 때문이다.

"…닮았는데요?"

"제 여동생입니다."

"그, 그렇군요."

정말이지 오사무의 얼굴에 머리만 길다는 것이 실감날 정도로 닮은 여동생이었다.

태하는 그가 왜 이곳을 매번 들렀다가 집으로 돌아가는 것인지 이해할 수 있었다.

그는 여동생이 해주는 저녁을 먹고 집으로 돌아가는 것을 하루의 일과처럼 생각하고 있던 것이다.

오사무는 태하가 왜 자신을 찾아온 것인지 너무나도 잘 알고 있었다.

"부회장님의 실종과 회장님의 독재, 이 두 가지의 문제 때문에 안 그래도 연락을 드리려던 참입니다."

"일이 어떻게 돌아가고 있는 겁니까?"

그는 태하에게 사진 몇 장을 건넸다.

사진 속에는 천태홍과 아주 닮은 중년과 그 가족이 들어가 있었다.

"천지호. 올해로 55세가 되었습니다. 회장님께서 정실부인이 아닌 첩에게 얻은 자식이지요. 두뇌가 뛰어나고 처세술이 상당히 능숙합니다만, 무공에는 자질이 없어요."

"지금 이 사람 때문에 회장님께서 그런 엄청난 행동들을 저지른 것이란 말입니까?"

"뭐, 표면적으로 보면 그렇지요. 하지만 그 뒤에 청야성이라는 거두가 버티고 있으니 진실은 아마 본인만 알고 있을 겁니다."

"흠."

"이 천지호라는 사람에 대해 아는 사람이 극히 적은데, 그 이유가 바로 청야성의 수뇌부라서 그렇습니다."

"방주님의 아들이 청야성의 간부라니, 뜻밖이군요."

"저 역시 그렇습니다. 설마하니 그가 청야성의 끄나풀도 아니고 아예 그 조직원이었다니 믿기가 힘들었지요."

태하는 그제야 왜 청야성이 지금까지 이런 각축전과 암투를 벌여온 것인지 이해할 수 있었다.

청야성은 명화방을 자신들의 휘하에 두기 위해 지금까지 이런 난리를 벌여온 것이다.

"그런데 천지호라는 사람은 그렇다 치더라도 방주는 왜 이런 선택을 할 수밖에 없었던 것일까요?"

"아마 천지호를 죽여 버리겠다는 협박을 받은 것이 아닌가 싶습니다."

"아들을 미끼로 사문을 배신하라는 협박을 해오다니……."

"이건 제 생각입니다만, 회장님께서 놈들의 협박에 넘어간 것은 평생 그에게 잘해주지 못했기 때문이 아닌가 싶기도 합니다."

오사무는 천지호의 성장 환경에 대해서 설명하였다.

"그는 료칸을 운영하던 외조모의 슬하에서 자라났습니다. 어머니의 얼굴은 어떻게 생겼는지도 모릅니다. 그녀는 천지호를 낳자마자 도망쳤거든요."

"그럼 외할머니의 슬하에서 성인이 된 겁니까?"

"12세가 될 때까지 외할머니 슬하에서 자라긴 했으나, 그 이후엔 고아원에 들어갔습니다. 외할머니가 4천 엔이라는 빚을 남기고 작고하셨거든요."

"으음, 그런 사정이……."

"그런데도 방주는 그를 돌봐주지 못했습니다. 당시의 명화 방주에겐 결점이 있어선 안 되었거든요. 그래서 아버지가 있음에도 불구하고 제대로 된 보살핌을 받지 못했지요."

태하는 그가 비뚤어졌어도 이상할 것이 없다고 생각했다.

"양친에게 버림을 받았는데 혈혈단신으로 고아원까지 갔다면 어떤 일이 있어도 이상하지 않겠군요."

"그래요. 아마 그즈음에 청야성과 맺어진 것이 아닌가 싶습니다. 제가 조사한 바에 따르면 고아원을 나가 행적이 묘연해졌는데, 그 이후 30년 후에야 그가 모습을 드러냈다고 합니다. 그때의 그는 멕시코 마약왕의 오른팔로 살아가고 있었습니다."

"조직 생활을 했거나 청야성의 일원으로 살아갔던 것이군요."

"과연 그때의 그에게 어떤 삶이 펼쳐져 있었을지 가늠하긴 힘듭니다만, 결코 기분 좋은 삶은 아니었을 겁니다."

"그래요."

오사무는 이제 그 부자가 저지르려는 일이 어떤 것인지 알려주었다.

"두 부자가 경영권을 승계하고 앞으로 청야성이 명화방을 잠식하게 되면 우리가 손을 쓸 방도가 없습니다. 아무리 천 장로님께서 돌아오신다고 해도 도무지 도리가 없습니다."

"흠……."

"제가 알기론 명화자객단과 함께 천 장로님께서 돌아오시는 중이랍니다. 그때까지 어디선가 조력자들이 나타나 주면 좋으련만……."

태하는 고개를 끄덕였다.

"알겠습니다. 제가 조력자들을 데리고 오겠습니다."

"정말 가능하시겠습니까?"

"명화방이나 사성회를 뛰어넘는 사람들이 한 무리 있기는 하지요."

"……?"

"다음 주 정기 이사회까지 일을 마무리 짓도록 해보겠습니다."

"부디 성공해 주십시오."

"걱정 마십시오."

태하는 츠바사가 있는 서울역으로 향했다.

＊　　　＊　　　＊

　서울역 인근 대폿집 두 곳에 가득 차 있던 55명의 개방 분타주들이 태하와의 만남이 성사되었음에 기쁨을 감추지 못했다.

　태하는 아버지가 남긴 유품인 반쪽짜리 타구봉을 분타주들에게 건넸다.

　"이것은 개방의 신물이니 다시 개방이 보관해 주십시오."

　"오오, 드디어……!"

　개방의 장로들과 분타주들은 자신들의 겉옷을 벗어 마치 신줏단지 모시듯 타구봉을 받았다.

　그런 후에 그들은 지금까지 자신들이 겪어온 설움이 단 한 방에 날아가는 듯 춤을 추었다.

　"신물이다! 우리의 신물이 나타났다!"

　"어얼쑤!"

　그들은 찌그러진 주전자와 놋그릇을 젓가락으로 두드리며 신명나게 노래를 불렀다.

　"얼씨구씨구~ 들어간다~ 절씨구씨구~ 들어간다~"

　"좋다!"

　"작년에 왔던 각설이가~ 죽지도 않고 또 왔네~"

"하하하!"

개방의 장로들은 세상을 살아가는 데 필요한 것이 단 두 가지라고 생각하는 사람들이다.

풍류와 정의, 이 두 가지만이 세상을 살아가게 하는 원동력이었다.

그들은 자신들을 하나로 이어줄 타구봉이 나타났다는 것에 의의를 두고 한바탕 춤을 춘 것이다.

태하는 한창 춤을 주고 있는 그들에게 물었다.

"그런데 말입니다, 타구봉의 반쪽이 제게 없습니다. 그래도 괜찮습니까?"

"하하, 그게 무슨 상관인가? 신물이 나타났다는 것이 중요한 것이지!"

애초에 이들이 바라는 것은 신물로 어떤 큰일을 도모하는 것이 아니었다.

그저 개방의 제자들을 다시 하나로 묶어줄 구심점, 혹은 대의명분을 찾는 것이었다.

그러니 타구봉이 반쪽이든 말든 큰 상관이 없었다.

장로들이 태하에게 넙죽 절을 올렸다.

"고맙습니다! 당신은 우리 방의 은인입니다!"

"이, 이렇게까지 하실 필요는 없는데……."

"우리의 절을 받으시고 부디 만수무강하십시오!"

"하하, 만수무강하십시오!"

호탕하고 쾌활한 장로들은 절을 하면서도 연신 웃음을 멈추지 못하였다.

한참을 절하던 개방의 장로들이 태하에게 말했다.

"이제 우리가 이렇게 인연으로 묶였으니 뭔가 도움을 드리고 싶습니다. 물론 앞으로 이 세상천지 어디를 가든 우리 개방이 선생을 보필할 겁니다. 그래도 당장 은혜를 갚을 뭔가가 있었으면 합니다."

태하는 아직까지 그들에게 마땅히 은인 대접을 받을 상황은 아니라고 생각했으나, 지금 그에게 필요한 것은 사람이었다.

그는 개방에게 명화방의 재건을 도와줄 것을 부탁하였다.

"그렇다면 제가 염치 불고하고 말씀드리겠습니다. 저는 개방의 영웅들이 청야성의 끄나풀인 천태홍 부자를 몰아내고 다시 명화방의 이름을 온전히 되찾아주셨으면 합니다."

"좋습니다! 이봐들, 싸울 준비되었나?"

"물론이지!"

원래 개방은 명분만 있다면 결집력이 약해지지 않기 때문에 이번 싸움은 어쩌면 그들에게 있어 좋은 기회가 될지도 모른다.

장로들은 분타주들에게 병력을 동원할 수 있도록 지시하

였다.

"그럼 우리가 직접 나서서 제자들을 모아보세."

"옳소!"

최성은 태하에게 옥패를 건넸다.

"받으시게."

"이게 뭡니까?"

"개방의 은인에게 주는 징표일세. 이번 일이 끝난다고 해도 우리는 자네를 은인으로 모시고 살 걸세. 만약 우리의 힘이 필요한 일이 있다면 언제든지 말하게."

"감사합니다."

무려 50년의 세월 동안 잠들어 있던 잠룡이 승천할 준비를 시작하였다.

*　　　　*　　　　*

개방이 한번 움직이기 시작하니 그들의 행보에는 거침이 없었다.

흩어져 있던 개방의 제자들은 일본 나고야를 통해 운집하였고, 무려 이틀 만에 5만 명이나 모여들었다.

그들은 하나같이 걸인의 풍모를 보이고 있었으나, 그 몸에서 풍겨나는 압도적인 내공은 이 세상 그 어떤 집단도 무시할 수가 없었다.

나고야 도시 곳곳에 스며든 개방은 언제라도 싸울 수 있도록 거리에서 먹고 자며 추이를 지켜보는 중이다.

아예 대놓고 나고야를 점령한 개방의 행보는 지하 세계 무림인들을 긴장시켰다.

지금까지 제 구실을 하지 못하던 개방이지만 그들의 저력을 익히 알고 있는 그들로선 촉각을 곤두세울 수밖에 없었다.

특히나 중국 등지에서 개방의 던전을 집어삼키려고 호시탐탐 기회를 노리고 있던 기업들은 꼬리를 말고 발톱을 숨길 수밖에 없었다.

이런 시국에 천태홍은 조금 더 기민하게 움직여 우호 세력을 다졌다.

그는 AM그룹과 화산그룹, 사성그룹에 접촉하여 혹시나 발발하게 될 지하 세계 혈전을 준비하였다.

중국 AM그룹 옥상을 찾아온 천태홍은 회장 연태실과 마주하고 있다.

솨아아아아!

이제 막 빗줄기가 굵어지려 하고 있었지만 두 사람은 대수롭지 않게 비를 맞았다.

연태실이 천태홍을 바라보며 미소를 지었다.

"오랜만이네요."

"그러게 말이야. 그동안 어떻게 지냈나?"

"후후, 이 나이 먹고 잘 지내고 말고가 어디 있겠어요? 그냥 그렇게 사는 거죠."

그녀는 비서가 펼쳐든 파라솔을 가리키며 말했다.

"저곳에서 술이나 한잔할까요?"

"그래도 괜찮나?"

"안 될 것 있나요?"

파라솔이 있는 곳까지 걸어가는 동안 연태실이 천태홍에게 물었다.

"당신은 여전히 멋있네요. 세월이 당신만 비켜가는 건가요?"

"자네 역시 여전히 아름다워. 그 자태가 한 떨기 꽃을 보는 것 같군."

"후후, 여전히 사람 기분 좋아지는 말만 골라서 하시네요."

"예전부터 항상 말해오는 것이지만 나는 당신에게 거짓을 말해본 적이 한 번도 없어."

두 사람은 .대략 70년 전, 이곳 중국에서 처음으로 인연을 맺었다.

그녀는 당시를 회상하였다.

"처음 우리가 만났을 때에도 이렇게 비가 왔던 것 같아요."

"그때를 아직도 기억하나? 강산이 몇 번이나 변했는데 말이야."

"여자는 얼마나 나이를 먹어도 여자예요. 그러는 당신은 그
때를 벌써 잊으셨나요?"

천태홍은 고개를 저었다.

"그럴 리가 있나? 남자는 첫사랑을 잊지 못하는 법이지. 나
역시 그런 보통의 남자들과 별반 다르지 않아."

"후후, 거짓말."

"진짜야. 그때의 자네가 무슨 옷을 입고 있었는지도 기억
해."

그는 당시의 그녀를 아주 자세히 회상하였다.

"그때의 자네는 치마가 짧은 치파오에 만두처럼 생긴 머리
띠를 하고 있었어. 아마도 그때는 소녀라는 생각이 먼저 들었
던 것 같아."

"…기억하고 있군요."

"당연하지."

천태홍은 연태실의 손을 잡았다.

"세월이 많이 흘렀지만 아직도 손이 부드러워. 검을 잡은 손
이라곤 전혀 믿기지 않을 정도야."

"참, 70년 전과 똑같네요, 오라버니는."

"사람이 어디 그리 쉽게 변하나?"

두 사람은 이제 팔순의 끝자락, 또는 구순의 초입에 들어섰

지만 여전히 청춘의 남녀와 다를 바가 없었다.

그도 그럴 것이, 두 사람은 기껏 해봐야 30대 후반에서 40대 초반으로밖에 보이지 않았다.

연태실은 아주 오래된 연인인 천태홍의 잔을 채워주었다.

"한 잔 받으세요. 비록 떳떳하게 첫사랑이라 말하긴 힘들지만, 그래도 인연은 인연이니까요."

"후후, 역시 겉보기완 다르게 선을 긋는 태도가 분명하군."

"그게 제 매력이죠. 오라버니도 그렇게 말씀하셨잖아요?"

"뭐, 그건 그렇지."

쪼르르.

술이 잔을 채워갈 무렵, 천태홍이 말했다.

"아미에선 여전히 중립을 지킬 생각인가?"

"우리는 싸움이 벌어진다면 중재할 생각이 있긴 하지만, 직접 개입할 생각은 없어요."

"명화방과 우호적인 관계에 있다고 생각했는데, 아닌가?"

"우호적이죠. 하지만 회장 승계에 대한 일은 별개의 문제라고 생각해요."

"흠,"

"미안해요. 제가 할 수 있는 것은 그저 중재자로서 나서는 것뿐, 그 이상은 무리네요."

그는 미소를 지었다.

"뭐, 그 정도면 되었지. 적이 아닌 것이 어디야?"

"옛날 같으면 각 사부들에게 소박을 맞았을 테지만 지금은 시대가 변했지요."

"허허, 그런가?"

두 사람은 아주 오래전에 사부들의 눈을 피해 밀애를 가졌다.

불가의 가르침을 받는 아미파의 제자가 명화방의 제자와 밀회를 갖는 것은 파문을 넘어서 죽음을 불사해야 하는 일이었다.

두 사람이 젊어서 배필로 맺어질 뻔하였다가 갈라진 것도 그 벽을 넘지 못했기 때문이다.

하지만 두 사람의 관계가 파탄에 이른 것은 비단 그뿐만이 아니었다.

천태홍은 열 여자 마다하지 않는 호색한으로, 젊어서는 희대의 바람둥이였다.

그녀는 아직도 자신의 손을 잡고 있는 천태홍을 타박했다.

"오라버니, 이 손 좀 놓으시죠? 설마하니 추억 팔이로 제 마음을 돌리려는 것은 아니시겠죠?"

"허허, 그럴 리가 있나?"

"참 생긴 것은 점잖은데 호색한 기질이 있을 줄이야. 아무튼 오라버니는 제 인생에 있어 오점과 같은 사람이에요."

"흠, 섭섭한데? 난 그렇게 생각하지 않았는데 말이야."

"사람은 변해요. 특히나 오라버니 같은 사람들은 말이죠."

그녀는 천태홍에게 한 가지 경고를 했다.

"하지만 오라버니, 이 세상에는 변하지 않는 것들도 있어요. 이를테면 무인의 긍지와 같은 것?"

"…무슨 뜻인가?"

"잘 생각해 보세요. 우리가 왜 중립에 서서 오라버니를 직접 돕지 않는지를 말이에요."

천태홍은 그녀의 일침에도 자신의 뜻을 굽히지 않았다.

"고맙네. 내 걱정을 해줘서."

"별말씀을."

"그럼 이사회 당일 일본에서 보세."

"그래요."

그는 다른 우호 세력을 모으기 위해 걸음을 옮겼다.

*　　　*　　　*

명화자객단을 이끌고 일본으로 날아든 천하랑이 개방의 장로들과 조우하였다.

그는 개방의 장로들에게 정중히 고개를 숙였다.

"반갑습니다. 개방의 영웅들을 다시 만나게 되니 감회가 새롭군요."

"한 30년쯤 되었지요? 천 장로님은 그때와 별반 다를 것이 없네요."

"하하, 나도 이제는 늙었습니다. 슬슬 이 바닥을 떠날 때가 되어간다는 것을 절감하고 있지요."

"하지만 낙향도 허락된 자에게나 돌아오는 겁니다. 장로님과 같은 인물에게는 낙향도 허락되지 않습니다."

"어쩐지 서글퍼지는 얘기군요."

개방의 장로 최성은 천하랑에게 천태홍을 칠 시기에 대해 물었다.

"우리는 언제든지 싸울 준비가 되어 있습니다. 천 장로님께서 날짜를 정해주기시만 하면 우리는 대의를 세우기 위해 피떡이 될 때까지 싸울 겁니다."

"정말 뭐라 감사의 말씀을 드려야 할지……."

천하랑은 정기 이사회가 열리는 날이 결전의 날이 될 것이라고 예언하였다.

"천태홍 일가가 정권을 잡기 위해 정기 이사회를 열겁니다. 그때 그는 힘으로 이사진을 압박하려 들 테지요. 우리는 그것을 저지하고 올바른 길로 명화방을 이끌어야 합니다. 그렇지 않으면 분명 청야성이 우리 지하 세계 무인들을 탄압하려 들 것입니다."

"그놈의 청야성, 아주 안 끼는 곳이 없군그래."

개방은 청야성의 청 자만 들어도 게거품을 물 정도로 그들을 싫어하니 대의명분으론 제격이었다.

장로들은 천하랑의 뜻에 따라 일주일 후 정기 이사회가 열리는 날을 거사의 날로 정했다.

"이곳 나가노에서 이사회가 소집될 것이니 저들도 만반의 준비를 할 겁니다."

"우리도 만반의 준비를 마쳤습니다. 전면전이 벌어져도 끄떡없어요."

"감사합니다. 우리 명화방을 위해 이렇게 애써주시다니……."

"뭐, 굳이 따지자면 그렇게 고마워할 필요는 없어요. 어차피 우리 역시 저들이 명화방을 접수하면 불편해지는 것은 마찬가지 아니겠습니까?"

"하하, 일이 그렇게 되나요?"

"이것은 비단 명화방만의 일이 아닙니다. 우리 지하 무림인들에게 있어서 아주 중요한 일이란 말이지요."

개방의 장로들이 천하랑의 부담을 덜어주기 위해 꺼낸 말이긴 하지만 확실히 개방은 이번 회장 자리 쟁탈전에서 얻어가는 것이 많을 것이다.

여전히 10만 제자를 거느린 건재한 세력이라는 것을 과시

하면서도 개방이 지하 무림의 정도를 세웠다는 자부심을 갖게 되는 셈이다.

이것은 앞으로 개방이 나아가는 데 있어서 상당히 중요한 사건이 될 것이다.

천하랑은 명화자객단주 유이나에게 적의 세력에 대해 물었다.

"저들의 규모는 얼마나 될 것 같나?"

"지금 명화방의 검객 3만이 운집할 것으로 보이며 명화방과 이해관계가 얽힌 점창과 백명회, 자성단, 금강회 등이 대거 무인들을 이끌고 올 것이라고 합니다."

"흠, 그렇군."

"다만 사성회와 화랑회는 일단 중립을 지킬 것이고, 나머지 중국 쪽 문파들 역시 중립을 선언했습니다."

"잘못하면 우리가 불리할 수도 있겠군."

"숫자로 보면 그렇지요."

개방의 제자들이 10만에 이른다곤 하지만 이들 중엔 던전을 지켜야 하는 병력이 있기 때문에 5만이면 상당히 많이 모인 것이라 할 수 있었다.

하지만 5만 명의 제자들로도 이 싸움의 승패는 크게 기울어 있었다.

그러나 개방의 장로들은 싸움에서 이길지 질지는 크게 중요하지 않은 듯했다.

"명예롭게 싸우면 그만이지. 우리는 지더라도 큰 상관은 없습니다. 다만 저들의 코를 납작하게 만들지 못한다면 한 일주일 괴롭긴 하겠지요."

"하하, 역시 호탕하십니다."

태하는 이 세력의 차이를 메워줄 좋은 방안이 있을 것이라 생각했다.

'그래, 좋은 방안은 멀리 있지 않아.'

태하는 천하랑에게 일주일 후에 있을 이사회에서의 재회를 약속했다.

"장로님, 저는 세력의 공백을 채워줄 방안을 찾아 나서겠습니다."

"가능하겠나?"

"한번 해봐야지요."

"그래, 고맙네."

"아닙니다. 제 아버지의 복수이기도 한 것을요."

고개를 꾸벅 숙인 태하는 청림을 데리고 대한민국의 수도 서울로 향했다.

제6장
가짜 아들

서울 강남의 한복판에 위치한 사성그룹의 본사 앞.

태하의 손을 잡고 선 청림은 이 거대한 건물을 바라보며 감탄사를 연발하였다.

"우와, 이게 사성그룹의 본사구나! 명화방보다 큰 것 같은데요?"

"대한민국은 코어 생산국 중에서도 거의 세 손가락 안에 꼽히는 곳이니까. 사성회는 그런 대한민국 코어 생산의 대표적인 회사야. 당연히 자본력이 대단하겠지."

"그렇군요."

사성그룹은 무인 세력으로 치자면 대한민국 최상위권에 드는 곳이고, 사업적 기반으로 따져도 10대 그룹 안에 들어가는 거대 기업이다.

김명화가 사성그룹의 차기 총수로 있었다는 것은 다시 말해 대한민국의 재계를 뒤흔들 수 있는 충분한 힘을 가졌다는 소리다.

태하는 사성그룹의 비서실장 성진욱에게 연락을 취해 아버지의 집무실을 직접 정리하고 싶다고 말했다.

성진욱은 기꺼이 태하의 요청을 들어주었다.

현재까지 총괄이사의 자리가 공석인 만큼 김명화의 자리는 아직까지 회사에 고스란히 남아 있는 상태였다.

비서실장 성진욱은 태하를 보자마자 깍듯이 고개를 숙였다.

"반갑습니다, 도련님. 이게 도대체 얼마 만인지 모르겠습니다."

"한 15년 되었지요."

"어릴 때부터 의사가 되겠다고 그룹을 멀리하시더니 이제야 얼굴을 뵙네요."

"그렇게 되었습니다."

성진욱은 태하가 어려서부터 총명하고 손재주가 좋아서 아버지를 따라 사성그룹으로 들어올 것이라고 생각했다.

또한 그가 아버지의 뒤를 이어 사성권의 고수가 될 것이라고 믿어 의심치 않고 있었다.

하지만 태하는 어려서부터 무공과는 거리가 멀었다.

"기대만큼 훌륭한 무인이 되는 것은 무리입니다만, 훌륭한 의사가 되었다고 들었습니다."

"기대에 부흥하지 못해서 유감입니다."

"아닙니다. 어느 쪽으로든 나라에 이바지하는 삶이라면 그 또한 훌륭하지 않겠습니까?"

성진욱은 태하와 청림을 데리고 사성그룹 71층으로 향했다.

사성그룹 본사는 70층 이상부터는 그룹의 수뇌부들이 기거하고 있기 때문에 홍채 인식이나 마스터키가 없으면 올라갈 수가 없었다.

팅!

엘리베이터를 타고 71층에 도착하자, 새까만 정장을 입은 남자들이 우르르 달려나왔다.

"실장님 오셨습니까?"

"그래, 수고가 많군요."

"그럼 실례하겠습니다."

남자들은 태하를 알아보곤 고개를 숙였다.

"도련님 오셨군요."

"저를 알아보시는군요?"

"부친께서 자랑을 많이 하셨습니다. 대한민국에서 이름 날리는 의사라고 말입니다."

태하는 얼굴이 화끈거렸다.

"…별말씀을 다 하고 다니셨네요. 그래 봐야 이제 막 써전이 된 햇병아리인데."

"하지만 실제로 실력 좋다고 소문이 자자하지 않습니까? 얘기 많이 들었습니다."

김명화는 아주 무뚝뚝한 아버지이지만 속으로는 아들을 상당히 자랑스럽게 여기고 있던 모양이다.

겉으로는 의사가 되어서 못마땅한 것 같았지만, 속마음은 그와 정반대였던 것이다.

성진욱은 태하를 김명화의 집무실로 안내하였다.

삐빅!

거대한 방탄유리로 가로막힌 집무실 입구에는 '임전무퇴'라는 글귀가 적혀 있었다.

성진욱은 이곳에서 발걸음을 멈추었다.

"이곳에서부터는 도련님 혼자 들어가셔야 합니다."

"제 약혼녀는요?"

"뭐, 가족이라면 들어가셔도 상관은 없습니다만."

"그럼 같이 들어가겠습니다."

그는 태하와 청림에게 고개를 숙였다.

"아무쪼록 좋은 시간 되시길 바랍니다. 저희들은 이곳에서 기다리고 있겠습니다."

"고맙습니다."

태하와 청림이 유리문을 열고 들어가자, 한옥 풍의 집무실이 눈에 들어왔다.

끼익.

두꺼운 철문에 문풍지 스타일의 장식과 처마가 달려 있었는데, 이것은 태하가 들어서자마자 자동으로 열렸다.

그런 후에 드러난 50평 남짓한 집무실에는 원목으로 만든 집무용 책상과 3천 권의 책이 빽빽하게 자리 잡고 있었다.

책상 앞에는 다과를 즐길 수 있는 교자상과 방석이, 그리고 그 가장 상석에는 금침이 놓여 있었다.

"한국적인 것을 좋아하신 모양이군."

"집무실엔 처음 와보셨나요?"

"내가 워낙에 사성회라면 학을 떼는 바람에 한 번도 와본 적이 없어."

그는 아버지의 손때가 묻은 집무실 책상에 앉았다.

그러자 아버지의 향수 냄새가 진하게 올라왔다.

"…아버지 냄새가 나는군."

"이곳에서 무학을 연구하시고 집무까지 보셨으니 그럴 수밖에요."

아주 잠깐 아버지의 향수에 젖어 있던 태하가 정신을 차렸다.

"아무튼 이곳에서 사성권의 무공 서적과 최근에 연구하신 자료들을 찾을 수 있을 거야."

"저도 한번 찾아볼게요."

태하는 아버지의 사성권으로 기울어진 세력에 균형을 맞출 생각이다.

현재 조가괴협이라는 이름을 쓰고 있지만 그 이름이 명화방과 엮이면 화산그룹이 곤란해질 테니 차라리 다른 이름을 쓰는 것이 낫겠다 싶은 것이다.

그래서 태하는 스스로 아버지의 사생아를 연기하여 정기이사회에서 복수를 다짐하는 아들로 나타날 생각이다.

만약 증거를 요구한다면 태하 자신과의 DNA 감정을 통하여 부계 혈통 친자 확인을 하면 그만이니 걱정할 것이 없었다.

청림과 태하는 아버지의 집무실을 샅샅이 뒤지면서 무공 서적에 대한 실마리를 찾아나갔다.

"사성권의 기초와 사성신공의 기초가 되는 일무토납법에 대한 서적이 있네요."

"일무토납법이라… 오랜만에 들어보는 이름이군."

일무토납법은 사성회의 기초 심결로서, 이것이 근간이 되어 사성신공에 이르는 길을 열어준다.

화경 이상의 고수는 일무토납법의 상승무공인 수공심결을 익히고, 그 이후에 깨달음을 얻게 되면 비로소 사성신공을 전수받게 되는 것이다.

사성회 내에서도 사성신공을 전수받은 사람은 단 세 명뿐이며, 그중에 한 사람이 바로 김명화였다.

사성권법이 워낙 복잡한 구결을 필요로 하기 때문에 사성신공을 익힌다고 해도 그것을 100% 구현하는 것은 어려운 일이었다.

그런 측면에서 본다면 사성권의 초고수이던 김명화는 무인들에게 칭송을 받아 마땅한 사람이었다.

무인들은 김명화가 독에 중독되어 세상을 떠났다는 진실을 마주하였을 때, 상당히 안타까워하며 탄식하였다.

그들의 탄식에는 앞으로 더 이상 사성권법의 진정한 고수를 보기 힘들 것이라는 안타까움이 섞여 있었다.

그런데 만약 태하가 그의 사생아로서 등장하여 사성권을 펼친다면 세간의 이목이 집중될 것이 뻔했다.

만약 그렇게 된다면 사성회가 명화방과의 싸움에 힘을 보태줄 수 있을지도 모른다.

청림이 찾은 기초 무공 서적들은 총 세 권, 그 밖에 다른 무공 서적은 그 어디에서도 찾아볼 수가 없었다.

"이상하네. 아버지는 분명 새로운 무공을 창안하셨다고 매일 노래를 부르며 다니셨는데 말이야."

"그런 상승무공은 집무실에 없지 않을까요?"

"흠, 그런가?"

태하는 아버지의 서재를 뒤지다가 이곳과는 어울리지 않는 사진집을 찾아냈다.

"이게 뭐야?"

그는 사진집을 꺼내 들었다.

드륵!

"어, 어라?"

그러자 서재가 옆으로 갈라지며 5평 남짓한 작은 밀실이 모습을 드러냈다.

끼릭, 쿵!

작은 밀실 안에는 아버지가 정리하다가 만 무학들과 갈무리되지 않은 비기들, 그리고 지금까지 사성회가 만들어온 무공들이 서적의 형태로 보관되어 있었다.

그는 이곳이 바로 아버지의 진짜 서재라는 것을 알 수 있었다.

"그래, 바로 여기군!"

"…맞아요. 이 무학들, 어지간한 천재가 아니고는 이해할 수 없겠어요. 아니, 이해는 고사하고 동작을 따라 하는 것도 힘들 수 있겠는데요?"

태하의 무공은 이전에 비해 그 단계가 한 단계 상승되어 있었는데, 그것은 바로 매화검법과 자하신공을 익히면서 깨달음을 얻었기 때문이다.

또한 자하신공이 태하의 무공을 보조하면서 그의 경지는 이제 자연경의 중입에 이르고 있었다.

그런 그가 보기에도 김명화가 집대성한 무공들은 상당히 난해해 보였다.

"무슨 무학을 이렇게까지 난해하게 만들어놓았을까?"

"그만큼 무학에 대한 열정이 있으셨던 것이죠. 사성권을 바탕으로 새로운 상승무공을 만들어내는 것이 어디 그렇게 쉬웠겠어요?"

"흠, 괜히 대협의 칭호가 붙은 것이 아니로군."

태하는 이 안에 있는 것들을 모두 챙겨서 나가기로 했다.

"그럼 우리 둘이 한번 아버지의 무학에 대해서 연구해 보자고."

"그래요. 우리 둘이 머리를 맞대고 오라버니가 직접 이것들을 익힌다면 일주일 안에 풀어낼 수 있을지도 몰라요."

두 사람은 가방과 주머니에 서적과 종이들을 가득 담았다.

         *   *   *

태하와 청림이 사성그룹 본사를 나서는데 저 멀리서 흰색 세단이 달려와 멈춘다.

스으윽.

세단에서 내린 남자는 다름 아닌 국회의원 김명주였다.

태하는 김명주가 이곳엔 어쩐 일인가 싶었다.

"국회의원이 어째서 사성회를 찾아왔지?"

"아는 사람이에요?"

"TV에 자주 나오는 사람이니 당연히 얼굴은 알지. 하지만 실제로 보는 것은 처음이야."

"아아, 그래요?"

비서실에서 자동차를 가지고 올 때까지 기다리고 있던 태하에게 김명주가 다가왔다.

김명주는 태하를 아주 아니꼽게 쳐다보며 말했다.

"자네가 김태하 군인가?"

"저를 아십니까?"

"알지. 얼굴은 처음 보지만 얘기는 대충 들었어. 사성회의 총괄이사 아들이라고?"

"예, 그렇습니다."

"부친의 일은 유감이로군."

태하는 김명주가 아버지의 지인이라고 생각했다.

"제 아버지와는 어떤 관계셨는지요?"

"…그냥, 예전에 좀 아는 사이였다네."

"그렇군요."

김명주는 태하에게 명함을 한 장 건넸다.

"시간 괜찮을 때 연락 좀 주시게. 자네에게 긴히 할 말이 있어."

"제게요?"

"바쁘지 않다면 지금 얘기해도 괜찮고."

태하는 난감한 표정을 지었다.

"저도 그러고 싶지만 중요한 일이 있습니다. 괜찮다면 다음 주에 보시는 것이 어떠신지요?"

"그럼 다음 주말 어떤가?"

"알겠습니다. 그럼 그렇게 하시죠."

명화방의 후계 문제를 마무리 짓지 않고선 편히 시간을 낼 수 없는 태하는 그와의 만남이 불가능했다.

도대체 국회의원이 그에게 할 말이 무엇인지는 몰라도 지금 태하에겐 남은 시간이 별로 없었다.

부아아아앙!

잠시 후, 태하의 자동차가 달려와 멈추어 섰다.

"차가 도착했군요. 그럼 저는 이만……."

청림을 차에 태우고 가려던 태하에게 김명주가 물었다.

"잠깐!"

"예, 말씀하시죠."

"그 아가씨는……."

"제 약혼녀입니다."

"…그렇군."

"그럼 저는 이만……."

태하가 차를 몰아 돌아서는데, 김명주의 표정이 썩 좋지가 않은 것 같았다.

'뭐야? 아까부터 느낌이 좀 이상한데?'

도대체 어째서 처음 보는 청년에게 저런 표정을 짓는 것인지 태하로선 알 수가 없었다.

하지만 그런 찜찜함은 그에게 중요하지 않았다.

*　　　*　　　*

백산마을 초입, 벌써부터 잔잔한 주과 향이 넘실거리고 있다.

불과 얼마 전까지만 해도 마을에 생기라곤 털끝만큼도 없던 것을 생각하면 장족의 발전을 이룬 셈이다.

나무가 길게 늘어선 마을의 입구를 지나자 수풀이 우거진

마을의 전경이 드러났다.

쏴아아아!

바람이 불 때마다 향긋한 풀 냄새와 약초의 향기가 물씬 풍겨온다.

태하는 약초의 향기에 한껏 취해보았다.

"흐음, 좋군!"

마을의 옆으로는 공청석유의 계곡이 흐르고 있어 백년화리와 비슷한 효능을 내는 한국의 토종 물고기들이 대거 서식하고 있었다.

이제 이곳은 신선도보다 훨씬 풍성하고 신비로운 공간으로 탈바꿈해 가고 있었다.

태하는 이곳에 도착하자마자 짐을 풀고 식사 준비부터 했다.

그는 계곡 중간에 만들어둔 낚시터에 통발을 치고 공청석유를 받아서 밥을 지었다.

칙칙칙!

압력 밥솥에 밥을 짓는데 푸른색 김이 뭉게뭉게 피어난다.

"역시 밥은 공청석유로 지어야 제 맛이지!"

태하가 밥을 짓는 동안, 청림은 뒷동산에 올라 오늘 먹을 반찬거리를 따러 다녔다.

그녀는 반찬으로 먹으면 좋을 약초 몇 뿌리를 채취한 후 주과와 고추장으로 양념을 해서 그것들을 잘 버무렸다.

"오라버니, 어때요?"

"이 정도면 충분하겠어."

밥이 익는 동안 태하는 통발에 잡혀 있는 쏘가리와 동자개를 잡아서 통째로 매운탕을 끓였다.

이것은 내단을 섭취하는 데 있어서 약간의 걸림돌이 되긴 하지만, 그래도 식도락을 즐겨야 하는 사람으로서 물고기를 생으로 씹어 먹을 수는 없는 노릇이다.

백년화리의 내단은 불에 닿으면 그 효능이 다소 떨어지긴 하지만, 지금 태하와 청림이 차린 밥상만으로도 족히 세 갑자의 내공은 나오고도 남을 것이다.

두 사람은 밥상 앞에 정답게 둘러앉아 식사를 시작하였다.

우드득!

그녀가 무쳐놓은 반찬을 입에 넣자마자 원기가 곧바로 회복되는 듯한 태하이다.

스스스스스!

"후우, 좋군!"

"얼굴이 붉어지는 것을 보니 효과가 제대로 발휘되는가 보네요. 주과에 천년하수오를 무쳐놓았으니 당연히 얼굴이 붉어져야지요."

"그렇군."

만약 일반인이 이런 식단을 먹고 일주일 정도 산다면 아마 환골탈태를 몇 번이고 거칠지 모른다.

물론 태하에게도 이러한 식단은 내공 증진에 아주 큰 역할을 해준다.

어느새 밥을 한 그릇 뚝딱 비운 태하는 공청석유로 입가심을 하고 식사를 마무리하였다.

"후우, 좋군!"

"뒷동산에 좋은 약초가 많이 피었으니 점심에는 백숙을 해 먹기로 해요."

"좋지."

한옥 뒤뜰에 과일 씨앗을 먹여 키운 오골계가 있는데, 그놈들을 잡아서 약초를 넣고 백숙을 해먹으면 아마 두 사람의 내공 증진에 큰 도움이 될 것이다.

태하는 앞으로 일주일 동안 이곳에 머물면서 몸보신을 하고 무학을 익혀 나갈 생각이다.

＊　　　＊　　　＊

김명화의 무학은 상당히 난해하지만 그 뿌리만 이해하면 나머지는 저절로 익힐 수 있는 형식이었다.

언제나 탄탄한 기본기와 초심을 잃지 않는 성실함을 강조

하던 그의 신념과 아주 정확하게 일치한다고 볼 수 있었다.

태하는 그가 남긴 무학 서적들을 탐독하면서 사성회의 무공에 크게 탄복하였다.

"그야말로 천외천 세상이군. 허와 실의 경계를 넘나드는 무공이라… 지금 내가 깨우친 자연경의 경지와 별반 다르지 않군."

"자연경의 경지가 인간의 그릇을 대자연의 품으로 내던진 것과 같지요. 제가 볼 때 아버님께선 무학에 관해선 득도의 경지에 오르지 않았나 싶어요. 비록 내공이 부족하여 자연경에 이르지는 못했지만, 그만큼 심오한 학문을 구축하여 기반을 닦아둔 것이죠."

그녀는 김명화가 단명한 것을 진심으로 안타까워했다.

"만약 살아서 일흔까지만 사셨어도 현경의 벽을 뛰어넘었을지도 몰라요. 현세의 인간 중 최초로 도인의 경지에 이르는 것이죠."

"그러게 말이야."

태하는 어려서부터 아버지가 왜 그토록 바깥출입만 일삼고 다녔는지 이제야 좀 알 것 같았다.

가정에 충실한 것도 좋지만 무공을 익히는 사람들은 딱딱한 도시와 소음이 있는 곳에선 제대로 무학을 연구할 수 없었기 때문이다.

아마 장희원은 그런 그의 고충을 잘 알고 있었기에 세상을 떠나기 전까지 같이 풍류를 즐겼을 것이다.

그런 면에서 본다면 장희원은 김명화에게 천생배필이었음이 분명했다.

태하는 사성권의 근간이 천둥과 바람에서 온다는 것을 알 수 있었다.

이것은 사신무의 청룡구결과 유사한 대목인데, 청룡구결을 완벽히 자기의 것으로 만든 태하가 익힌다면 족히 나흘이면 충분할 것으로 보였다.

"운이 좋다고 해야 하나?"

"사신무의 구결과 비슷하니 이것은 분명 천운이라 할 만해요."

태하는 사성권의 상승무공을 익히기 전에 기본적인 권법과 각법을 먼저 익히기로 했다.

사성권은 바람처럼 빠르고 번개처럼 강하게 몰아붙이는 권법인데, 워낙 동작에 군더더기가 없어서 대한민국 특전사에선 사성권의 일부를 발췌하여 박투술을 만들기도 했다.

이들은 화려함을 버리고 오로지 적을 쓰러뜨리고 승리하는 데에 의의를 두었으며, 그러면서도 선비의 고고함과 양반의 기품을 잃지 않았다.

동북아시아에선 사성권을 사대부의 무공이라 부르는데, 권

하나하나에 기품이 넘치고 굳은 절개가 묻어났기 때문이다.

"제1성 구결은 대부분 정권 지르기나 앞차기와 같이 단순한 초식들로 이뤄져 있군."

"하지만 그것을 자연스럽게 이어나갈 수 있어야 다음 구결로 넘어갈 수 있어요. 어찌 보면 사신무와 비슷한 면이 많네요."

"그러게 말이야. 이 사성권이라는 무공, 상당히 흥미롭단 말이지."

어떤 면에서 본다면 같은 무공이라고 해도 믿을 정도로 흡사한 점이 많은 이 두 가지 무공은 태하의 구미를 당기기에 충분하였다.

그는 1성 구결에 나오는 기본 24개의 동작을 따라 해보았다.

팟, 팟!

주먹을 일자로 뻗거나, 주먹을 아래에서 위로 뻗거나, 주먹을 옆으로 크게 휘두르거나, 위에서 아래로 주먹을 뻗거나 하는 등의 아주 단순한 동작들이 주를 이루었다.

발차기도 짧고 단출하게 뻗어내어 동작에 흐트러짐이 별로 없는 것들이 대부분이었다.

"이 정도면 그냥 무술을 모르는 사람이 해도 될 정도야."

"그래도 이 구결 하나하나가 이어짐으로써 하나의 큰 그림이 되는 법이지요."

"자음과 모음이 만나는 것처럼 말이야."

매화검법이 절개 굳은 사군자를 닮았다면 사성권은 고귀한 가문의 투사를 닮았다.

비록 보기엔 맹탕처럼 보여도 권과 각에 사족을 다는 법이 없었다.

그는 이제 제2성 구결의 12개 동작을 따라 해보기로 했다.

제2성 구결은 1성의 기본 구결과는 다른 동작들로 나래차기나 텀블링, 몸을 낮게 까는 등의 동작들이었다.

태하는 1성과 2성 구결이 왜 나뉘어져 있는지 깨달았다.

"으음, 그러니까 1성은 자음과 모음, 2성은 그에 대한 문장 부호와 같은 것이군."

"글을 쓰는 데 필요한 문장 부호, 띄어쓰기와 같은 역할을 해주는 것이죠."

두 사람은 곧바로 3성의 구결을 따라 하기 위해 그 동작을 살펴보았다.

그런데 두 사람의 표정이 놀라움으로 가득 찼다.

"…3성은 무려 60개의 동작으로 이뤄져 있네요."

"그것도 아주 간결하면서도 무한히 연결되는 동작들이야."

태하는 혹시나 하는 마음으로 4성 구결을 펼쳤더니 이제는 단순히 동작을 이어주는 것만이 아니라 그것으로 하나의 시를 지어 구결 안에서 갈래가 갈라지도록 하였다.

"선비의 절개는 그 신념에서 나오는 것이다."

스윽, 팟!

3성의 초식 네 개가 이어져 만들어진 4성의 초식은 단 일격에 무려 24개의 변초와 연속 동작이 이어져 있었다.

한데 만약 24개의 변초에서 하나라도 막히게 된다면 곧바로 3성 초식 중 하나를 섞어 다른 구결을 만들게 된다.

그렇게 되면 시의 내용이 완전히 바뀌기 때문에 연결되는 동작들의 길도 전부 바뀌게 되는 것이다.

"이것이 바로 사성권의 오묘함이란 말인가!"

"권 하나하나에 의미를 부여해서 몸으로 말하는 것이었군요! 그러니 상승무공을 짓는 데 그리 난해한 무학들이 필요했던 것이고요!"

태하는 사성권의 오의에 빠져들어 하루 종일 무공 서적만 잡고 그에 심취해 있었다.

*   *   *

다음 날, 태하는 일무토납법을 익히고 그 상승무공인 수공심결을 연마하였다.

스스스스!

사성회의 진기는 아주 특이하게도 검은색을 띠고 있다.

처음 일무토납법을 배우게 되면 내단에 검은색 이기가 서리게 되는데, 화경의 경지에 들어서게 되면 이 검은색 이기가 점점 열어지게 된다.

그러다가 다시 진기가 진해지기 시작하는데, 이때가 사성신공을 익히는 시점인 것이다.

태하는 일무토납법과 수공심결을 연마하면서 한 가지 깨달은 것이 있었다.

일무토납법은 지의 기운이요, 수공심결은 수의 기운이니 이 두 가지가 어찌 보면 상생이요, 어찌 보면 상극이었다.

그렇기 때문에 일무토납법을 잘못 익히게 되면 수공심결과 맞부딪쳐 주화입마에 빠질 수도 있었다.

이것은 그 어떤 무공도 기초가 바로잡히지 않으면 곧바로 심마의 길로 접어들 수 있다는 것을 시사하는 것이다.

한차례 연공을 끝낸 태하는 사성심법이 자하신공이나 천월심법에 비해 결코 뒤지지 않는 절학임을 깨달았다.

"흑의 진리를 깨달은 날이군."

"그런데 왜 사성신공의 내공은 검은색일까요?"

"이 세상의 모든 색을 섞으면 검은색이 되니까."

"아아!"

"흑이라는 것에 편견을 가지고 있지만, 사실 어찌 보면 이

세상의 모든 색은 흑에서부터 왔다고 볼 수도 있어. 사성심법
은 그 간단한 진리를 토대로 심법을 만들고 제자들을 가르친
거야."

"으음, 그래서 자연경의 그것과 사성신공이 닮아 있던 것이
군요."

"결국 대자연에 자신을 맡기는 것, 그것이 자연스럽게 융화
되어 흑에 이르는 것이 사성신공의 오의인 것이지."

지금까지 김명화가 연구한 모든 상승무공은 대자연의 신비
를 몸에 담아 진정한 흑에 이르는 길을 닦아주는 것이었다.

만약 그 무공을 모두 익혔을 때쯤엔 태하가 새로운 경지에
눈을 뜰 수 있을지도 모른다.

그는 오늘도 기본부터 충실히 익혀나갔다.

*　　　*　　　*

셋째 날, 태하는 사성신공을 운공하였다.

스스스스!

그러자 그의 심장에서 세상의 모든 맛이 어우러져 희한한
향을 내뿜었다.

이것은 과일의 신맛, 단맛, 바다의 짠맛, 고기의 담백함, 약
초의 향긋함, 독의 쓴맛, 물의 시원함, 심지어는 배설물의 지독

함까지 담겨 있었다.

태하는 이 냄새들이 한데 섞여 지독한 악취를 뿜는다고 생각했다.

'원래 대자연은 이렇게 악독한 구취를 풍기는 건가?'

하지만 잠시 후 태하는 그 모든 것이 하나로 뭉쳐져 결국 순백색으로 변해가는 것을 느꼈다.

그것은 다시 몸으로 스며들어 검은색 진기로 변하여 천천히 내단을 채워 나갔다.

태하는 백과 흑도 결국엔 하나라는 사실을 깨닫게 된 것이다.

'대자연은 물로 시작하여 흙으로 돌아간다. 결국 시작과 끝은 같은 법. 무공 역시 그러하다.'

사성신공의 오의를 깨닫자, 태하의 몸이 서서히 조각나기 시작했다.

쩌저저저적!

그의 곁에서 밥을 짓고 있던 청림이 화들짝 놀라서 달려왔다.

"오, 오라버니?!"

하지만 그녀는 태하의 몸에서 뿜어져 나오는 눈부신 빛에 차마 눈을 뜰 수가 없었다.

지이이이잉!

"으으윽!"

그런데 놀라운 사실은 이 밝은 빛이 사실은 흑백의 몸체를 가지고 있다는 점이다.

한마디로 흑백의 빛이 그녀의 눈을 부시게 만든 것이다.

잠시 후, 태하의 몸이 한차례 폭발을 일으켰다.

콰아아앙!

이제 그의 몸은 이 세상에서는 도저히 찾아볼 수 없는 신비로운 빛에 휩싸여 있었다.

청림은 그의 몸을 살며시 만져보았다.

"오, 오라버니?"

그러자 그녀의 손가락에 아주 기분 좋고 촉촉한 물이 묻어났다.

그녀는 화들짝 놀라고 말았다.

"고, 공청석유?!"

태하의 몸에선 땀 대신 공청석유가 흘러넘치고 있었던 것이다.

이윽고 눈을 뜬 태하가 손을 대지 않고 검을 뽑아 들었다.

챙!

그의 의지대로 뽑힌 검은 태하의 뜻대로 혼자서 춤을 추기 시작했다.

휘리리릭!

때론 원을 그리고 때론 불을 뿜고 때론 용의 형상이 되었다가 주작의 형상으로 떨어지기도 했다.

한마디로 사신무의 모든 구결이 이기어검의 형태로 펼쳐진 것이다.

이것만으로도 놀라울 지경인데, 태하는 굳이 검을 뽑지 않고도 진기의 검으로 검법을 펼쳤다.

쒜에에에엥!

태하가 만들어낸 검이 이기어검과 싸움을 일으켰다.

챙챙!

깡!

두 검은 호각지세를 이루면서 5분 동안 싸웠는데, 그 이후에 태하가 손을 뻗자 하나로 합쳐졌다.

팟!

청림은 자신도 모르게 탄성을 내뱉었다.

"이, 이럴 수가!"

눈을 뜬 태하는 지금 자신이 오른 경지에 대해 설명하였다.

"무형경, 어차피 자연은 하나의 점으로 이뤄져 있어. 검 역시 자연의 일부분일 뿐, 그것을 다루는 것은 형을 휘두르는 것에 지나지 않지."

이 세상의 모든 색을 합치면 흑이 되고 마지막엔 백으로 사라진다는 것은 자연경을 뛰어넘기 위한 깨달음의 일부분이었던 것이다.

태하는 아버지가 자신에게 남긴 소중한 유산이 깨달음을 주었다고 생각했다.

"…나에게 유산을 남기셨어. 그것도 아주 거대한 유산 말이야."

"그래요. 그런 것 같네요."

그의 눈동자에 아련함이 내려앉았다.

*   *   *

이제 태하는 사성권의 상승무공인 태무신권을 연성하고 있다.

태무신권은 사성권법의 상승무공으로, 사성신공을 연성한 후기지수가 익힐 수 있도록 설계되어 있었다.

이제 태하는 숨을 쉴 때마다 내공이 쌓이는 경지에 이르렀다.

한마디로 그가 숨을 쉴 때마다 상단전에는 천월심법, 중단전에는 자하신공, 하단전에는 사성신공이 각각 그 진기를 쌓게 되는 것이다.

이 세 가지를 이어주는 것은 태하의 깨달음과 자연의 진기들이었다.

태하는 태무신권의 일곱 가지 구결을 현실에 실현해 보았다.

"후우……."

차분히 호흡을 가다듬은 태하의 손끝에 검은색 진기가 어리더니 그것이 천천히 대호의 형상으로 변해갔다.

태무신권 제1성의 흑호령의 진기가 빛을 발한 것이다.

태하가 주먹을 뻗자 그 진기가 손을 따라 폭발하면서 마치 호랑이가 포효하는 듯한 굉음이 들려왔다.

콰아아아!

태무신권은 사성권의 모든 구결과 이어지는 상승무공으로, 그 일격마다 각 성의 특성이 부여된다.

때론 빠르고, 때론 부드럽고, 때론 힘을 역행하며, 때론 대자연을 모두 품에 담는 절기 중의 절기였다.

제1성의 흑호령이 극쾌의 오의였다면 제2성 흑룡권은 역행하는 힘이었다.

탐스러운 비늘을 가진 흑룡이 태하의 몸을 휘감듯이 타고 올라갔다.

크르르르릉!

이는 바람마저 역행시키는 힘을 가진 유술의 일부로서 원래 사성권에선 보기 힘들던 구결이다.

하지만 사성신공이 말해주듯 권은 인체의 모든 체술에서

나오는 극히 일부분에 불과했다.

그것을 상승무공으로서 끌어올리면 끝이 없는 변화를 내포하게 되는 것이다.

태하는 불어오는 바람을 한곳으로 끌어모아 한꺼번에 그것을 튕겨냈다.

"허업!"

파앙!

그러자 검은색 장풍이 주변의 바람을 반대 방향으로 되돌려 보냈다.

그가 감고 있던 눈을 뜨자 눈부신 흑빛 안광이 번쩍이며 그의 눈에 영롱함을 더해주었다.

<u>스스스!</u>

이제 태하는 서서히 태무신권의 기운을 다시 갈무리하였다.

"후우!"

"이것이 바로 아버님 평생의 절학인 태무신권의 정체군요."

"아직 누군가에게 가르침을 주기엔 무리가 있지만 절학인 것은 확실해."

지금의 태무신권은 획일화된 학문이 아니기 때문에 누구에게 가르침을 주기엔 부적합했다.

김명화가 이것을 무학으로 엮다가 살해당했기 때문에 나머지는 온전히 태하가 하기에 달렸다고 볼 수 있었다.

그는 아버지의 뒤를 이으리라 마음먹었다.

"비록 내가 직접 후학을 양성할 수는 없지만, 그래도 아버지의 유지를 남길 수 있도록 노력해야지. 그게 자식 된 도리 아니겠어?"

"그래요. 언젠가는 이 무학들을 하나로 엮어서 책으로 만들어주세요."

태하가 핸드폰 시계를 보니 정확히 나흘이 지나 있었다.

"이 정도면 충분하겠지?"

"물론이죠."

이제 태하와 청림은 산을 내려가 일본으로 향하기로 했다.

제7장
사라졌던 아들이 나타나

이른 아침, 나가노에서 명화그룹의 정기 이사회가 열렸다.

그룹의 이사진과 사외이사, 그리고 각 해외 지부의 지사장들까지 대거 모여들었다.

오늘 안건이 후계자 지정인 만큼 이사회장의 주변에는 긴장감이 감돌고 있었다.

이번 이사회에서 두 개의 세력이 충돌할 것이라는 첩보가 돌면서 일본 경찰 당국과 자위대는 바짝 긴장하지 않을 수 없었다.

일본 정부는 혹시나 모를 상황에 대비하여 병력을 소집하고 가까운 나라인 한국과 러시아에 지원을 요청한 상태였다.

무인이 10만 이상 모인 집회는 한 나라를 멸망시키고도 남을 것이기 때문이다.

그만큼 지하 세계 무림인들의 힘이 대단하다는 소리였다.

나가노 명화빌딩으로 천하랑과 장지원이 그 우호 세력들과 함께 등장하였다.

천태홍은 아들 천지호와 그를 옹호하는 이사진과 함께 그들을 맞이하였다.

이글거리는 눈빛의 천하랑이 천태홍에게 먼저 다가갔다.

"사형, 오랜만입니다."

"그러게 말일세. 자네와 내가 마주한 것이 벌써 몇 년째더라?"

"잘 기억이 나질 않는군요. 사형과 내가 피차 바빠서 말입니다."

"하하, 자네는 항상 그렇게 동분서주하면서 그룹을 위해 헌신해 왔지. 대단한 사람인 것은 분명해."

"…이 사제가 그렇게 키워온 회사를 듣지도 보지도 못한 아들에게 넘긴다니요. 사형 참 너무하십니다."

천태홍은 여전히 미소를 짓고 있었다.

"자네에게 아들이 있었다면 나의 마음을 이해했을지도 모르지."

"……."

"아 참, 내가 아픈 곳을 찔렀나? 미안하이."

천하랑은 어깨를 으쓱거렸다.

"괜찮습니다. 자식은 가슴에 묻는 법, 저는 제 아들이 세상을 떠났어도 제 곁을 떠났다곤 생각하지 않으니까요."

"그렇다면 잘 알겠군. 아들에겐 그 어떤 것을 물려주어도 아깝지 않다는 것을 말이야."

"그 어떤 것을 물려주어도 아깝지 않지요. 하지만 그것이 인간의 탈을 쓰고 하기 힘든 범죄라면 말이 달라지지 않겠습니까?"

"자네는 언제까지 사부님의 그 고리타분한 진리에 빠져 살 텐가? 현실을 직시하게. 세상은 빠르게 변하고 있다고."

"후후, 그 세월의 딜레마에 빠져 죽을 날이 있을 겁니다."

"……."

서로 한 마디씩 주고받고 나니 이사회가 시작되려 한다.

"지금부터 명화그룹 정기 이사회를 시작하겠습니다."

이사회가 시작되자 이사회장 문이 열리며 천태홍이 데리고 온 타 문파의 장로들이 들어섰다.

"구경 좀 합시다! 오늘 재미있는 일이 많다면서요?"

"이사회에는 다른 그룹의 사람들이 들어오는 것은 금지입니다. 어서 나가주시면……."

"…그냥 구경 좀 하겠다는데 그게 그리 문제요?"

그는 허리춤에서 단도를 꺼내 사회자의 단상에 정확하게 명중시켰다.

휘릭, 쿵!

"허, 허억!"

"진행합시다. 구경해도 괜찮죠?"

바로 그때, 이사회장으로 술 호로를 찬 개방의 장로들이 등장했다.

"딸꾹! 그렇게 치면 우리도 여기서 술 한잔 걸치면서 구경해도 괜찮겠군."

"…이런 거지 새끼들이?"

"낄낄낄, 백명회 애송이들이 이곳에서 설치고 있는 꼴이라니. 사부님께서 보셨으면 아주 기절했겠군."

백명회는 한때 개방과의 일전에서 대패하여 중국 북부의 거대 던전 세 개를 빼앗긴 적이 있다.

아직도 백명회는 그때의 타격에서 회복하지 못하여 자금줄이 불안정한 상태였다.

백명회의 장로들은 개방의 등장에 이를 갈았다.

"반드시 죽이겠다!"

"낄낄낄, 할 수 있다면 해보시든지."

점점 이사회장의 분위기가 삭막해지는 가운데 태하와 츠바사가 모습을 드러냈다.

태하가 빈자리에 앉았다.

"장주원 부회장님의 자리가 비어서 제가 대신 앉겠습니다. 괜찮지요?"

"그 뜻은 자네가 부회장님의 후계자란 말인가?"

천태홍의 질문에 츠바사와 장지원이 대신 답했다.

"우리 장씨 일가에선 태하를 후계로 정했습니다. 앞으로 장주원 부회장의 권한은 태하가 대신하게 될 겁니다."

"흠, 그렇군."

태하가 자리에 앉자 천지호가 벌떡 일어서서 소리쳤다.

"말도 안 됩니다! 사전에 통보되지 않은 사실은 인정할 수가 없습니다!"

"맞습니다!"

그의 주장에 몇몇 이사들이 동조하자 천하랑이 말했다.

"장주원 부회장은 자신의 회사를 이미 김태하 회장에게 인계하였습니다. 즉 이것은 그를 후계로 인정한 것이나 다름없습니다."

"…뭐요?"

천하랑은 천지호를 잡아먹을 듯 노려보았다.

"꼬마야, 아버지 때문에 목이 성히 붙어 있는 줄 알아라. 그렇지 않았다면 이미 쥐도 새도 모르게 저세상으로 떠나 버렸을 것이니라."

"저 노인네가 보자 보자 하니까……!"

천하랑은 노발대발하는 그의 앞으로 탄지공을 쏘아 보냈다.

피용!

그의 탄지공은 명화방 내에서도 막을 수 있는 자가 없을 정도로 정교하고 빨랐다.

천하랑의 기습이 천지호의 볼을 스치며 지나갔다.

서걱!

"으윽!"

"……!"

천태홍을 따르던 이사들이 마른침을 삼켰다.

꿀꺽!

만약 지금 천하랑이 마음만 먹으면 누구든 죽일 수 있다는 것을 절감하였기 때문이다.

"꼬마야, 다시 한 번 얘기하마. 한 번만 더 날뛰면 네 아버지가 있든 말든 일격에 목을 비틀어 버릴 것이다. 알겠냐?"

"……."

아들의 얼굴에 생채기가 난 것을 본 아버지 천태홍이 눈살을 찌푸렸다.

"남의 아들 얼굴에 이게 무슨 짓인가?"

"미안하게 되었습니다. 사형의 아들이 너무 버릇이 없어서 혼 좀 냈습니다. 이해하시죠."

"…그래?"

천태홍은 아주 빠르고 짧은 장을 쳤다.

파앙!

그러자 그것이 태하에게 날아갔다.

주변에 있던 무인들이 모두 놀라서 태하를 바라보았다.

하지만 그는 정말 대수롭지 않게 장을 쳐냈다.

스륵.

순간, 천태홍의 눈동자가 주먹만 해졌다.

"어르신, 지금 저를 쓰다듬으신 겁니까?"

"……"

"마음은 감사합니다만, 노인에게 안마를 받을 정도로 나이를 먹지는 않았습니다."

실로 놀라운 일이 아닐 수 없었다.

현재 지하 세계에 현존하는 모든 무인을 통틀어 몇 안 되는 고수 안에 드는 천태홍의 장이 이제 막 30대 중반인 태하에게 막혔다니, 무인들은 경악에 찬 표정을 지었다.

"우, 우연이겠지?"

"…초절정고수에게 우연도 있나?"

팽팽하던 기세가 한 방에 꺾이는 순간이다.

태하는 실소를 흘렸다.

"후후, 연습 좀 더 하시죠?"

"……!"

그의 도발에 천태홍이 노발대발하며 일어섰다.

"…이놈이 천지 분간을 못 하고 날뛰는구나! 네놈, 사조부를 대하는 버릇이 아주 엉망이구나!"

"사조부도 사람 나름입니다. 어르신처럼 말년에 청야성과 결탁하여 명화방을 놈들의 끄나풀로 만들려는 사람은 사조부 대접을 받을 자격이 없지요."

"뭐, 이런……?!"

"제 말 중에 틀린 구석이 있다면 한번 말씀해 보시죠."

태하의 발언이 상당히 자극적이고 싸가지 없긴 했으나 그의 말에 틀린 점은 없었다.

생각지도 못한 태하의 당돌한 태도에 말문이 막혀 버린 천태홍은 침묵을 지켰다.

그런 천태홍에게 태하가 말했다.

"어르신, 정 그렇게 명화방주의 후계자 자리가 탐난다면 이렇게 하시죠."

"……?"

"저와 후계자 자리를 걸고 내기를 하는 겁니다."

"뭐라? 내기?"

"저와 열 수를 겨누어서 이기신다면 우리 모두 물러가겠습니다. 그땐 명화방을 구워 먹든 삶아 먹든 마음대로 하십시오."

"…이런 싸가지 없는……."

"대신 제가 이긴다면 명화방에서 나가주십시오. 어떻습니까?"

태하의 말을 들은 몇몇 이사들이 들고일어났다.

"이런 미친 꼬맹이를 보았나?! 네놈, 제정신이냐?!"

"당연히 제정신이죠. 안 그래도 저 부자를 이곳에서 몰아낼 명분은 차고도 넘칩니다. 꼭 말년에 험한 꼴을 당해야 정신을 차리시겠어요?"

"이런 개……!"

화가 머리끝까지 난 이사진이 노발대발 소리치는 가운데 천하랑이 천태홍을 바라보며 말했다.

"그리하시죠."

"…정말 이렇게까지 해야겠나?"

"먼저 피를 보자고 한 사람은 사형입니다. 잊지 않으셨겠지요?"

이제 천태홍에게 물러설 곳은 없었다.

제아무리 태하가 오만방자하게 굴었다곤 하지만 지하 세계의 룰대로라면 아들이 나가서 싸워야 한다. 그렇지만 아들은 무공에 대해서 잘 모르니 어쩔 수 없이 천태홍 본인이 나서야 얘기가 풀릴 것이다.

그는 깊은 한숨을 내쉬었다.

"후우, 뭐, 좋네. 자네들이 정 그렇게 나오겠다면야 그 도전을 받아들이는 수밖에."

"회, 회장님!"

당황한 이사진이 그를 만류하는데 천태홍이 손을 들어 그들을 제지하였다.

"단, 조건이 있어."

"조건이요?"

"승부에서 지는 쪽의 목을 치는 것으로 하지."

태하는 흔쾌히 고개를 끄덕였다.

"나쁘지는 않군요. 다만, 다 죽어가는 노인의 목을 친다는 것이 좀⋯ 부관참시 같아서 말입니다."

"⋯저놈, 정말 싸가지가 바가지구나!"

"예, 싸가지 없지요. 하지만 이런 저에게 면박을 당할 건수를 만든 어르신도 잘못입니다. 그건 인정하시죠?"

그는 묵묵히 검을 뽑아 들었다.

챙!

"일이야 어찌 되었든 간에 결자해지, 세 치 혀로 말미암아 일이 이렇게 되었으니 각오하는 것이 좋을 게다."

"세상에 목숨도 안 걸고 검을 섞는 사람도 있습니까? 각오하시죠."

태하 역시 금강석으로 만들어진 검을 뽑았다.

스르르릉!

사람들은 물러서지 않고 검을 뽑는 태하를 바라보며 고개를 가로저었다.

"…말도 안 되는 일입니다. 어떻게 평생 메스를 잡아온 의사가 명화방주를 이긴단 말입니까?"

"천 장로님, 지금이라도 말리시는 편이 좋지 않습니까?"

천하랑은 고개를 저었다.

"뭘 모르는 사람들이군. 일단 지켜보기나 하시게."

"그러다가 후계 구도에서 밀려나게 된다면……."

"전쟁이지, 뭐."

천하랑을 따르는 이사들은 더 이상 그 어떤 말도 할 수 없었다.

천태홍이 자리에서 일어서려 하자, 그를 필두로 모여 있던 타 문파의 장로들이 나섰다.

"방주님, 앉아 계시지요."

"……?"

"우리가 알아서 하겠습니다. 저런 애송이를 상대하는 데 군이 장문께서 나서실 필요가 있겠습니까?"

안 그래도 까마득한 후배와 합을 겨룬다는 것에 못내 자존심이 상해 있던 천태홍은 그들에게 차례를 양보하였다.

"그래 주겠나?"

"대선배님 대신 싸운다는 것은 영광입니다."

백명회의 장로 백청명이 나서자 태하가 고개를 저었다.

"으음, 대리인을 내세우시겠다? 뭐, 그럼 우리도 대리인을 내세우지요."

"대리인?"

"당신들에게 복수하고자 찾아온 사람이 한 명 있습니다."

"뭐라?"

잠시 후, 이사회장의 지붕이 뚫리며 한 사내가 떨어져 내렸다.

콰앙!

"…뭐, 뭐야?!"

"원수의 심장을 파내기 위해 왔소!"

순간, 장내가 술렁이기 시작했다.

"다, 닮았어?"

"싸, 쌍둥이인가?!"

태하와 정말 똑같이 생긴 청년은 머리카락이 금발인 것 말고는 그 생김새가 엇비슷해 보였다.

만약 머리카락 빼고 누가 누구인지 알아보라고 한다면 모르는 사람은 구분을 하지 못할 정도였다.

태하가 두 명이나 나타나니 장내는 패닉에 빠져들었다.

"이게 무슨 상황인가?"

"이쪽은 제 배다른 동생입니다. 아버지가 밖에서 낳으셨지요."

"그렇다면……."

"예, 당신의 후계자처럼 숨겨진 자식이지요."

김명화의 사생아를 자처한 남자가 사성신공의 흑색 진기를 끌어올렸다.

스스스스스!

"김태진이라고 합니다."

"…한 번도 자네 집안에서 사생아가 태어났다는 소리는 들어본 적이 없네만?"

"사생아라니요, 그냥 알려지지 않은 것뿐입니다. 나는 진즉에 알고 있었어요."

"……."

"아무튼 오늘의 승부는 내 동생이 대신 치를 겁니다. 당신들이 대리인을 세우셨으니 나도 대리인을 세우겠습니다."

천태홍은 고개를 좌로 꺾으며 긴장을 풀었다.

"그래, 믿는 구석이 있던 것이로군."

"소도 비빌 언덕이 있어야지요."

그는 고개를 끄덕였다.

"뭐, 한번 해보지. 장로들께선 괜찮겠소?"

"훗, 사생아든 꼬맹이든 밟으면 그만입니다."

태하의 얼굴에 미소가 걸렸다.

*   *   *

도쿄 경시청 앞, 피투성이가 된 청년 한 명이 걸어오고 있다.

"허억, 허억!"

겉모습은 30대 초반으로 보이지만 그의 나이는 이제 중년을 향하고 있었다.

장주원은 흐려지는 눈앞을 애써 다잡으며 경시청을 지키는 순경에게 다가갔다.

"…이봐요, 여기가 경시청 맞습니까?"

"어, 어어……?"

"신고를 좀 하고 싶어서 왔습니다."

순경은 화들짝 놀라서 장주원을 부축하였다.

"이, 이봐요! 괜찮아요?!"

"…저를 좀 도와주세요. 어떤 빌어먹을 자식들이 저를 죽이려 했습니다."

"아, 알겠습니다! 일단 저를 따라오세요!"

그는 장주원을 데리고 경시청 옆 경찰병원으로 향했다.

경찰병원 응급실은 피투성이가 된 장주원이 들어서자마자 바쁘게 움직이기 시작했다.

"허억, 허억!"

"환자분! 괜찮으세요?! 제 말이 들리세요?!"

"네, 어느 정도는……."

"일단 환자의 상태부터 확인해 봅시다! 어서 엑스레이와 CT 올려 보내세요! 어서요!"

"예!"

순경은 환자용 침대에 누운 장주원에게 신분증을 요구하였다.

"실례지만 신분을 좀 확인하겠습니다. 그 정도는 하실 수 있으시죠?"

"…물론이지요."

장주원은 지갑을 꺼내 순경에게 내밀었다.

"이 안에 제 신분증이 있습니다. 신용카드와 함께 조회해 보시죠."

"잘 알겠습니다."

순경은 신분증과 카드를 가지고 경시청으로 향했다.

몇 시간 후, 병실에 누워 있는 장주원에게로 형사들이 찾아왔다.

형사들은 경찰병원 집도의에게 그의 상태에 대하여 물었다.

"좀 어떻습니까?"

"내장 파열에 복합 골절, 심지어 두개골 손상까지 약하게 온 것 같더군요."

"그런데도 사람이 살아남았단 말입니까?"

"무인들은 일반인과 달라요. 아마 이 정도 내상이라면 대략 두 달 정도면 회복이 되겠지요. 두개골 손상이 있기는 하지만 가벼운 뇌진탕이라서 큰 문제는 없을 겁니다."

"흠……."

"그나저나 이 사람, 현재 수배 중인 장주원 씨 아닙니까?"

"네, 맞습니다. 어쩌다가 스스로 이곳까지 온 것인지 모르겠으나, 지대공미사일에 맞아 실종된 것은 확실했습니다."

잠시 후, 가만히 침대에 누워 있던 장주원이 정신을 차렸다.

"으음……."

"장주원 씨, 정신이 좀 들어요?"

"여, 여긴……?"

"경찰병원입니다. 거의 다 죽어가는 꼴로 경시청까지 왔기에 에나모토 순경이 이곳으로 데리고 온 겁니다. 운이 좋았어요. 시간이 조금만 더 지체되었어도 목숨을 건지기 힘들었을 겁니다."

의사는 장주원의 상태를 진단해 보곤 이내 발걸음을 돌렸다.

"바이탈, 청진 모두 정상이네요. 이곳에서 몸을 추스르고 일반 병원으로 옮기는 쪽으로 생각해 봅시다. 뭐, 경시청에서 다 알아서 하겠지만 말이죠."

"고맙습니다."

주치의가 나가고 나자 형사들이 그에게 질문을 해왔다.

"장주원 씨, 본인이 지금 어떤 상황에 처해 있는지 알아요?"

"지대공미사일에 맞아 하수도로 떨어졌습니다. 그 이후에 웬 총을 든 놈들이 쫓아오는 바람에 죽을 뻔했지요."

"총이요?"

"그냥 일반인들이 생각하는 총과는 조금 달랐습니다. 저도 반탄지기를 사용하는 무인으로서 총은 그리 큰 위협이 되지 않는다고 생각했는데 그것은 달랐지요. 총알에 진기가 담겨 있다고 해야 하나?"

"그게 가능한 일입니까?"

"모르겠습니다. 저도 태어나 처음으로 보는 광경이라서 말이죠."

형사들은 그에게 사숙들의 사망 소식을 전했다.

"현재 명화방의 장로 여섯 명이 사망하였습니다. 그나마 천하랑 부회장께선 생존하여 정기 이사회에 참석하고 있는 상태지요."

"…누가 죽었다고요?"

"장로들 말입니다. 그러니까, 선생께는 사숙이 되겠지요."

장주원은 믿을 수 없다는 표정으로 되물었다.

"사, 사숙들께서 돌아가셨다니요? 어쩌다 말입니까?"

"정말 아무것도 몰라요?"

"뭘 말입니까?"

어리둥절한 표정으로 일관하는 장주원에게 형사들이 말했다.

"현재 이 여섯 명이 모두 총에 맞아서 죽었어요. 그리고 그 범인들의 말에 의하면 장주원 씨가 자신들을 고용해서 죽였다고 했고요."

"제가요?"

"아닙니까?"

"…말도 안 되는 소리입니다! 이 세상에 어떤 미친놈이 사숙들을 쏴 죽입니까? 그리고 애당초 그분들은 총에 맞아 죽을 사람들이 아니잖습니까?"

"원래는 그랬죠. 하지만 방금 전에 선생님이 그러지 않으셨습니까? 웬 괴한들이 총으로 쏴서 치명상을 입혔다고요."

"……!"

"그래요, 바로 그겁니다. 당신과 같이 총에 맞아 치명상을 입어 사망한 겁니다. 그리고 그 사망의 배후엔 당신이 있고요."

장주원은 고개를 저었다.

"…말도 안 되는 소리입니다. 나는 사숙들이 돌아가셨다는 것조차 몰랐단 말이에요."

"당연히 몰랐겠지요. 뜻하지 않게 지대공미사일에 맞아 사라졌으니 말입니다."

"허, 허어!"

"아무튼 현재 명화금융에서 찾아낸 자료에 따르자면 당신이 와룡기획에 500억을 건넨 정황이 모두 나와 있습니다. 그것은 즉 당신이 와룡기획을 이용하여 여섯 명의 장로를 살인 교사하였다는 증거가 되지요."

순간, 장주원은 눈앞이 캄캄해지는 것을 느꼈다.

'이 새끼들, 이제 보니 작정하고 나를 스팅어로 쏜 것이구나! 나를 없애 버리고 그 죄를 나에게 덮어씌우려고!'

장주원은 다 죽어가는 몸을 이끌고 가까스로 이곳까지 오긴 했지만 이미 경찰들의 수사망은 좁혀져 그를 범인으로 몰아가고 있었던 것이다.

한마디로 그가 없는 동안 모든 증거가 조작되어 이미 사태가 걷잡을 수 없는 지경이 이르러 있는 것이다.

경찰들은 그에게 체포 영장을 내밀었다.

"장주원 씨, 당신을 살인 교사 및 공금 횡령에 대한 혐의로 긴급 체포합니다. 일단 경찰병원에서 피의자 신분으로 조사를 받을 것이고, 그 이후 죄가 확정되고 나면 곧바로 검찰로 넘어가게 될 것이니 알고 계세요."

"…말도 안 됩니다! 변호사를 선임하겠습니다! 명화그룹과 연결시켜 주십시오!"

"알겠습니다. 전화가 필요하면 말씀하세요."

"부탁 좀 드리겠습니다."

장주원은 전화를 받아 오사무 카쿠노에게 통화를 시도하였다.

—예, 명화그룹 비서실입니다.

"…실장님, 저 장주원입니다."

—부회장님?!

"지금 어디십니까? 뭐가 이렇게 어수선해요? 도대체 뭐가 어떻게 된 일인지 모르겠네요."

—부회장님, 지금 어디에 계시는지요? 제가 당장 찾아가겠습니다.

"경찰병원에 있습니다. 죽을 똥을 싸면서 경시청으로 왔더니 오히려 나를 살인 교사 혐의로 체포했습니다."

—…아아! 타이밍이 안 좋았습니다! 지금 당장 혐의를 벗기

가 조금 곤란한데 말입니다.

"뭐, 어쨌든 간에 이곳으로 좀 와주십시오. 오실 때 법무팀 장도 대동해 주시고요."

─네, 알겠습니다.

전화를 끊은 장주원은 다시 병석에 누웠다.

그는 와락 인상을 구겼다.

"이제 저는 어떻게 되는 겁니까?"

"말씀드렸잖습니까? 회복될 때까진 이곳에 계시다가 검찰로 송치될 것이라고요."

"…일이 단단히 꼬여 버렸군."

"아무튼 이곳은 유치장 대신이라 행동에 제한이 걸립니다. 밥은 나오겠으나 밖으로 돌아다니거나 TV를 보는 등의 행위는 금지입니다. 만약 이를 어길 시엔 가중처벌 됩니다."

"알겠습니다."

장주원은 가만히 눈을 감았다.

*   *   *

명화방 나가노 총회의 지하 연무장이 가득 차 있다.

태하는 자신의 앞에 서 있는 백명회의 장로 백청명을 바라보았다.

그는 순백색 진기를 한껏 뿜어내며 태하를 위압적인 태도로 노려보고 있었다.

"놈, 오만방자한 패기도 오늘까지일 것이다."

"길고 짧은 것은 대봐야 아는 법."

대놓고 자신의 내공을 만천하에 드러낸 백청명과는 달리 태하는 그저 사성권의 기본자세인 '성세'를 잡고 있을 뿐이다.

성세는 주먹을 가볍게 말아 쥔 후 양 주먹을 어깨 넓이로 벌려 앞뒤로 대칭이 되도록 놓는다. 그런 후에 발도 같은 넓이로 벌려서 앞뒤로 대칭이 되도록 놓고 다리를 살짝 굽혀주면 된다.

무예타이와 복싱, 혹은 태권도의 동작들이 섞인 것 같은 성세는 가장 안정적인 공격 자세라 할 수 있었다.

왼손으로 적의 공격을 방어하고 왼발로 축을 이동시키기 때문에 방어와 후속 공격이 아주 자연스러웠다.

태하는 백청명을 상대로 사성무의 기본 구결만 사용할 생각이다.

그는 성세의 앞 손을 펼쳐서 까딱거렸다.

"들어오시죠."

"…허어, 어린놈이 정말 싸가지가 바가지구나!"

"겁나시면 제가 먼저 들어갈까요?"

"이런 애송이가!"

백청명이 태하를 향해 권을 뻗었다.

슈우우우웅!

순백색 진기가 섬광을 뿜어내며 구의 형체로 태하에게 날아갔다.

"섬공타!"

섬공타는 탄력적인 작은 구체가 적의 내부를 흔드는 무공인데, 이것에 제대로 걸리면 내장이 전부 녹아서 없어지게 된다.

한마디로 오로지 살인을 위해서만 만들어진 내가권이라 할 수 있었다.

태하는 그에 맞춰 제2성 2구결의 '사구'를 펼쳤다.

스으윽!

복싱의 전진 더킹과 비슷한 모양새이긴 하지만 그보다 더 낮고 빠르게 다가가는 모습이다.

마치 그림자처럼 날아든 태하는 몸을 한껏 웅크렸다가 펴면서 주먹을 짧고 강하게 위로 올려쳤다.

"흐업!"

콰앙!

백청명은 예상치 못한 일격에 황급히 수를 내려 태하의 참룡타를 막아냈다.

하지만 참룡타가 동반한 묵빛 전뇌를 피해낼 수는 없었다.

콰지지지직!

순간, 장내의 모든 고수들이 입을 떡 벌렸다.

"묵뢰?! 벌써 저 청년이 묵뢰의 경지에 올랐단 말인가?!"

"세, 세상에!"

사성권의 경지는 총 네 가지로 나뉜다.

입문에서 이제 막 벗어난 암사, 두 번째로는 화경의 경지에 오른 묵련, 세 번째가 바로 묵뢰의 경지이다.

묵뢰의 경지는 사성권의 기본 근간인 섬광이 내가진기를 통해 몸 밖으로 표출되는 것이다.

이미 묵뢰의 경지를 몇 번이나 뛰어넘은 태하에겐 별것 아니었지만, 이제 막 서른이 넘은 청년이 이룬 경지라곤 전혀 믿기 힘든 것이었다.

태하는 곧바로 그다음 수를 준비했다.

스으으윽!

이번에는 신형이 좌로 슬며시 미끄러지면서 그의 몸이 백청명의 시야에서 빠르게 사라졌다.

"어딜……!"

옆으로 도망가는 태하를 잡기 위해 백청명이 금나수를 뻗었다.

"위명신지공!"

촤락!

백청명의 금나수가 태하를 잡기 위해 왼쪽 하단으로 뻗어 나오자, 태하는 그 즉시 몸을 낮게 깔아 회전시켰다.

　부웅!

　그와 동시에 팔을 절반으로 접어 팔꿈치를 백청명의 옆구리에 밀어 넣었다.

　"이얍!"

　퍼억!

　순간, 태하의 팔꿈치에서 검은색 뇌전이 번쩍이며 백청명의 복부를 강타하였다.

　콰지지지직!

　"크허억!"

　태하는 일격을 맞춘 후에 곧바로 제4성의 구결 중 초야성진을 펼쳐냈다.

　턱턱턱, 빠악!

　초야성진은 왼손으로 일수, 오른손으로 일수, 참룡타가 한 번, 그 이후에 3성 구결의 재성, 참진을 각각 밀어 넣는 방식이다.

　퍼벅, 퍼버버버버벅!

　백청명은 공중에 붕 뜬 상태로 무려 열두 대를 내리 얻어맞았다.

　그런 후 그의 몸이 바닥에 부딪쳤다.

콰아앙!

"쿨럭!"

이미 충분한 내상을 입었지만 이것만으로 한판승이라 보기는 힘들었다.

태하는 그의 몸이 바닥에서 튕겨 오르는 그 찰나의 순간에 각을 뺐었다.

"으랏차차!"

부우웅, 콰아아앙!

시원하게 뻗어 나간 태하의 옆차기가 백청명의 몸을 무려 5미터나 밀어냈다.

"꼬르르륵……."

결국 기절해 버린 백청명은 삶다 만 빨래처럼 처참하게 구겨져 구석에 처박히고 말았다.

태하는 별것 아니라는 듯 고개를 좌우로 살며시 꺾었다.

뚜둑, 뚜둑!

"흠, 수련을 좀 더 하셔야겠네요."

"……!"

순간, 장내는 그야말로 경악으로 가득 차버렸다.

제아무리 사성권이 대단한 무공이라곤 하지만 백명회 내가권의 고수인 백청명이 단 일 수를 뻗은 후에 일방적으로 얻어맞아 기절했다는 것은 믿을 수 없는 일이었다.

그들은 눈을 뜬 상태로 입만 끔뻑거리고 있었다.

"이, 이게……."

"꼬맹이라고 우습게 보더니 결국 발에 밟힌 똥처럼 찌그러지고 말았군요."

"…이런 오만방자한 꼬맹이를 보았나?!"

백명회의 제자들이 사태를 수습하는 동안 점창파의 제1 장로 공태륜이 앞으로 나섰다.

챙!

"이놈, 오늘 그 주둥이를 아주 아작을 내주마!"

"거참, 왜 자꾸 나를 못 죽여서 안달이지? 이봐요, 점창파도 우리 아버지를 시해하는 데 한몫했다는 것을 아십니까?"

"뭐, 뭐라?"

태하의 한마디에 장내가 술렁였다.

"김명화 총괄이사를 죽이는 데 점창파의 제자가 동참했다니?"

"그럴 리가!"

사실 공태륜이 지금 노발대발하면서 나서는 것은 모두 자신의 허물을 덮기 위함이었다.

공태륜의 아들 공하설이 차기 장로의 자리에서 밀려나 좌천되었는데, 공하설은 이 자리를 다시 되찾기 위하여 김명화의 살해에 동참하게 된 것이다.

점창이 운영하는 팔진그룹은 청야성의 MKP 에너지 화학 연구소와 기술 협약이 되어 있는데, 이들이 기술 제휴를 맺어 주는 대가로 팔진그룹의 계열사 네 곳의 지분 8%를 가지고 오게 되었다.

이 때문에 팔진그룹은 MKP를 상당히 껄끄럽게 여기는 동시에 그들의 입김에 매번 놀아날 수밖에 없었다.

공하설은 MKP에서 내린 지령을 수행하는 대가로 차기 장로의 자리를 약속받은 것이다.

이 사실을 얼마 전에 알게 된 공태륜은 스스로 명화방과의 이해관계를 들먹이며 후계자 승계에 끼어들게 된 것이다.

공태륜은 태하의 말이 거짓이라고 못 박았다.

"흥! 개소리! 이보시오들, 저 말을 믿으시오?! 저런 파렴치한의 말을 믿는단 말이오?!"

"솔직히 파렴치한은 아니지. 김명화 대협은 지금껏 하늘을 우러러 한 점 부끄러움이 없이 살아온 사람이오. 그 사람의 죽음에 대한 의혹이 있다면 당연히 풀고 가는 것이 맞지 않겠소?"

오늘 벌어진 싸움에서 천태홍의 편을 들기 위해 찾아온 금강회의 부회주 은회림은 다짜고짜 큰소리를 치는 공태륜을 대놓고 타박하였다.

"제아무리 아들의 치부를 드러내려고 하는 사내가 있다고 한들 그렇게 마구잡이로 욕부터 하면 되겠소?"

"…그래? 그렇다면 내 아들이 무고하다면 어쩔 것이오?"

"그럼 내가 사과해야겠지요."

공태륜이 고개를 끄덕였다.

"오냐, 좋다! 내가 오늘 네놈을 요절내고 진실을 밝혀내고 말겠노라!"

검을 뽑아 든 공태륜이 태하를 죽일 듯이 노려보았다.

하지만 태하보다 한참 하수인 그가 뭘 어쩔 수는 없을 것이다.

'한심한 놈이군. 제 자식 놈 교육을 엉망으로 시켜놓고 뻔뻔하게 소리나 치다니.'

태하는 다시 성세를 잡았다.

"뭐, 좋습니다. 아저씨도 오늘 걸어서 집에 가기는 글렀군요."

"죽인다!"

두 사람의 권과 검이 동시에 앞으로 뻗어 나갔다.

제8장
신성의 등장

나가노에서 명화방의 회장 승계를 빙자한 혈투가 벌어지고 있는 가운데, 사성회주 구회성에게로 뜻밖의 소식이 전해졌다.

"…명화에게 숨겨둔 아들이 있었다니?"

"태하는 이 사실을 알고 있었다는 것을 보면 집안에선 그냥 공공연한 비밀이었던 모양입니다. 서로 호형호제하는 것을 보면 왕래가 꽤 잦은 같기도 하고요."

　구회성은 실소를 흘렸다.

"허어! 살다 보니 별 희한한 일이 다 있군그래. 명화가 그런

재주도 있었던가?"

"아무리 형수와 사이가 좋았다곤 해도 사형도 남자입니다. 밖에서 새살림 차렸다고 해도 이상할 것이 없지요. 워낙 밖으로 많이 나돌던 사형 아닙니까?"

"뭐, 그건 그렇지."

사성회의 총괄이사가 될 때까지 김명화는 전 세계 방방곡곡을 돌아다니면서 사문을 위해 일했다.

비록 부부가 금실이 상당히 좋았다곤 하지만 서로 떨어져 있는 기간이 길어서 첩이 생겼다고 해도 이상할 것은 없었다.

다만 서로가 자웅동체가 되었으면 좋겠다고 말했을 정도로 사랑하던 부부에게 사생아가 있다는 것이 의심의 대상이 되었다.

"그렇게 죽고 못 살아서 본가와 의절까지 한 명화가 딴살림이라니⋯⋯?"

"그런데 생각해 보면 형수가 이 사실을 알고 왕래까지 한 것은 어쩌면 계획된 두 집 살림이 아니었을까요?"

"계획된 두 집 살림이라?"

"원래 태하가 무공에는 전혀 소질도 없고 관심도 없지 않았습니까?"

"뭐, 그건 그랬지."

"얼마나 무공이 싫으면 사성회라면 학을 떼며 쳐다보지도 않았겠습니까?"

"흠……."

"그런 아들에게 미래가 없는 것 같으니 딴살림을 차려 아들을 하나 더 낳은 것이지요."

"굳이 그럴 필요가 있었을까? 장 박사도 무인인데 아들 하나 더 낳는 것쯤이야……."

"그거야 모르지요. 두 사람 사이에 무슨 문제가 있는지 말입니다."

"하긴, 부부 사이의 일은 아무도 모르는 것이니까."

지금까지 명화방에서의 일에 아예 신경을 끄고 있던 구회성이지만 이번에는 사정이 좀 달랐다.

사문의 비기와 김명화의 상승무공을 가지고 명화방 승계에 끼어든 두 형제 때문에 가만히 있기엔 상황이 좀 어색해진 것이다.

구회성의 셋째 제자이자 김명화의 사제인 재무총괄이사 연제명은 두 형제를 사문으로 받아들이고 품어야 한다고 주장했다.

"어차피 총괄이사의 자리도 공석이겠다, 일단 그 자리에 전문 경영인을 앉혀놓고 태진이라는 그 아이에게 이름을 달아주면 어떻겠습니까?"

"명화의 자리를 그 아이에게 물려주자는 소리인가?"

"지금 사형제들이 명화 사형의 빈자리를 두고 얼마나 슬퍼하고 있습니까? 다소 의기소침해진 이때에 사형이 남긴 상승무공을 가지고 관심을 끌면 아마 다들 기운을 차릴지도 모릅니다."

"으음……."

현재 사성회는 사성권의 정통 계승자를 잃고 다소 의기소침해진 상태였다.

때문에 사업 확장이나 세력권 확장에도 다소 소극적이 되어 얼마 전 남미에서 후퇴하기까지 했다.

이대로라면 분명 사성회의 중심축이 옆으로 기울어지고 말 것이다.

"듣자 하니 그 아이의 무공이 장난이 아니라고 하더군요. 사부님, 차라리 명화 사형 대신에 태진이라는 그 아이를 후계자로 세우심이 어떠하신지요?"

"그렇게 되면 장로들과 그 제자들이 가만있지 않을 텐데?"

"일단 태진이라는 아이의 잠재력을 한번 눈으로 확인하신 후에 결정하시죠. 제 생각엔 그 아이가 우리 사문을 제2의 전성기로 이끌어낼 것 같습니다."

어지간해선 사람을 칭찬하지 않는 연제명이 이렇게까지 말한다는 것은 그만한 확신과 가치가 있다는 소리였다.

구회명은 제자들을 소집시켰다.

"네 사형과 사제들을 모두 소집시키거라. 그리고 내 항렬의 장로들에게도 전하여라. 내가 직접 나가노로 간다고 말이다."

"예, 사부님."

김태진이라는 이름 석 자 때문에 사성회가 움직이게 생겼다.

*   *   *

도쿄 외곽에 위치한 허름한 아파트 단지.

휘이이잉!

이곳은 몬스터들의 습격이 있기 전부터 낙후되어 지금은 거의 폐허가 다 된 상태였다.

주민 등록이 된 사람은 고작 200명, 그나마 실질적으로 거주하는 사람은 몇 없다고 보는 것이 맞았다.

30년 전, 일본의 경제 호황에 맞물려 도시가 발전되었으나 기성세대가 은퇴하면서 퇴물로 전락하였다.

한때는 아파트 한 채에 3~4억 엔에 달하던 도시였지만, 지금은 그저 먼지만 가득한 폐허였다.

조규철은 장주원을 따라서 지하 수로를 탔다가 이곳까지 오게 되었다.

원래대로였다면 장주원을 따라서 다시 도쿄 도심으로 가야

했었지만, 지하 수로에서 뜻밖의 인물을 발견하여 이곳까지 왔다.

그는 지하 수로에서 사성회의 이세민을 발견하였다.

그 밖에 무당그룹의 장황서 재무총괄이사와 전진그룹의 청대면 이사까지 생각보다 꽤 굵직굵직한 사람들이 지하 수로에 있었다.

지하 수로에는 총을 든 무인들이 대거 몰려 있었는데, 그 총탄에 맞아 장주원이 거의 목숨을 잃을 뻔했다.

다행히도 그가 장주원을 발견했을 때쯤엔 경찰서로 통하는 문으로 도망치고 있었기 때문에 굳이 손을 쓸 필요가 없었다.

그는 장주원을 찾아내는 것에 성공하였으니 지하 수로에서 본 세 사람을 뒤쫓기로 한 것이다.

조규철은 어째서 저 세 사람이 암살자들과 함께 있는 것인지 이해를 할 수가 없었다.

'도대체 뭘까? 저 세 사람이 뭐가 아쉬워서 부회장님을 사살하려 한 것이지?'

그는 계속해서 아파트 단지를 향해서 걸었다.

한때 명화자객단에서 부단주를 역임한 조규철은 그 어떤 누구도 따라올 수 없는 잠행술의 대가였다.

만약 그가 마음만 먹는다면 일반인은 그가 바로 옆에서 잠을 잔다고 해도 전혀 눈치채지 못할 것이다.

그는 호흡을 밖으로 내뱉지 않고 오로지 단전의 내가진기로만 버틸 수 있는데, 무려 나흘 동안 숨을 쉬지 않을 수도 있다.

만약 아무런 행동도 없이 가만히 버틴다면 무려 보름 동안 자지도, 먹지도 않고 버틸 수 있는 능력을 가졌다.

한마디로 그는 누군가를 감시하고 미행하는 데 최적화된 사람이라는 뜻이다.

조규철은 세 사람을 감시하면서 계속해서 걸었다.

저벅저벅.

그러다 그들이 폐허가 된 쇼핑몰 안으로 들어가는 것을 목격하였다.

끼이익, 쿠웅!

녹이 슬어서 잘 열리지도 않을 것 같던 쇼핑몰의 문이 열리자, 그 안에서 이제 막 고등학생으로 보이는 소녀와 젊은 여성 두 명이 모습을 드러냈다.

그는 그녀들의 얼굴을 익히 잘 알고 있었다.

'당문? 뭐야? 저들이 당문과 한패였어?'

조규철은 조금 더 앞으로 다가가려다가 이내 생각을 접었다.

당문은 잠행과 미행에는 따라올 자가 없는 암살자 집단이니 잘못했다간 정체를 파악당할 수도 있었기 때문이다.

그는 차분하게 이곳에서 기다리면서 그들을 감시하기로 했다.

*   *   *

점창의 사일검법은 상대를 압도하는 기세와 어지간해선 육안으로 확인하기 힘든 극 쾌검과 요혈을 노리는 점혈검으로 구성되어 있다.

여타 검법이 그러하듯이 사일검의 일수를 제대로 막지 못하게 되면 엄청난 타격을 입게 되는데, 특히나 비전절기로 내려져 오는 특유의 혈자리를 찔리면 그 자리에서 비명횡사하고 만다.

사일검법은 신화에 나오는 후예의 뛰어난 궁술을 모태로 하여 만들어진 검이다.

그런 만큼 검이 상당히 날카롭고 정확하며 그 누구보다 검을 빠르게 찌르는 것이 점창의 특징이었다.

태하는 자신의 앞에 선 공태륜의 압도적인 기운에 흠칫 놀랐다.

'대단하군. 과연 해를 쏴서 떨어뜨릴 정도의 기세로군.'

그의 기세는 가히 백만 대군을 맞아 싸워도 이길 수 있을 것 같았지만, 현실은 그렇지가 않았다.

이미 태하와의 격차가 무려 몇 단계나 나기 때문에 사실상의 승부는 이미 정해져 있다고 볼 수 있었다.

하지만 태하는 그의 사일검법을 제대로 식견해 보고 싶어졌다.

"선배님께서 먼저 베시죠."

"젊은 사람이 꽤 높은 성취를 얻은 것 같은데, 이 일수에 요절해도 난 모르네."

"마음대로 하십시오."

공태륜이 사일검법의 극쾌검이 태하를 덮쳐온다.

휘리리릭!

일수초현의 어마어마한 검이 거의 빛의 속도로 태하의 하복부를 찌르며 들어왔다.

태하는 화들짝 놀라서 한 족장 걸음을 물렸다.

'허억!'

무려 무형경에 이른 태하를 놀라게 할 정도라면 일반인은 자신이 검에 찔린 줄도 모르고 죽을 것이다.

그러나 놀라움은 놀라움일 뿐, 태하는 곧바로 그의 검을 피해내며 일수를 뻗었다.

부웅!

태하의 주먹이 마치 뱀처럼 휘어지며 공태륜의 검을 피해 관자놀이를 향해 날아갔다.

그러자 그는 재빨리 유운신법을 전개하여 뒤로 미끄러지듯 날아갔다.

휘이이익!

태하는 그를 뒤따라 사구를 전개하였다.

스윽, 스윽!

갈지자로 앞으로 미끄러져 나간 태하는 그의 일 검을 유도해 냈다.

팟!

태하의 주먹이 채찍처럼 아래에서 휘어져 날아가 공태륜의 턱을 후려쳤다.

짜악!

"크흐읙!"

한 대 제대로 얻어맞은 공태륜은 곧바로 화려하면서도 매서운 검을 뻗어냈다.

"후예만궁!"

쉭쉭쉭쉭!

단 1초 만에 수백 개의 검을 찔러내는 후예만궁은 가만히 눈을 뜨고 있다간 몸이 걸레짝처럼 너덜너덜해질 정도로 빨랐다.

태하는 초고속 카메라로 찍어도 도저히 잡아낼 수 없을 것 같은 후예만궁의 일수를 손으로 낚아챘다.

휘릭, 턱!

순간, 공태륭의 눈이 휘둥그레졌다.

"허, 허억!"

"손은 눈보다 빠르다!"

태하는 그의 손을 잡고는 곧바로 팔꿈치를 짧게 내질렀다.

퍽!

"쿨럭!"

100분의 1초 만에 올라온 태하의 팔꿈치에 얻어맞은 공태
륭의 입에서 물이 뿜어져 나왔다.

그러곤 곧바로 이어진 태하의 비룡태가 공태륭의 턱에 작렬
하였다.

"허업!"

비룡태는 뒤돌려 차기를 아주 극대화시킨 것 같은 동작으
로, 한 방 제대로 얻어맞으면 수직으로 붕 떠버리는 각법이었
다.

퍼억!

꽈지지지직!

비룡태의 각법에 맞은 공태륭의 몸에 검은색 뇌전이 마구
흘러 다녔다.

태하는 공중으로 붕 뜬 그에게 단 일격의 강력한 절기를 뻗
어냈다.

"태풍성타!"

스스스스!

0.5초도 안 될 법한 아주 짧은 순간이었지만 태하의 주먹에 검은색 회오리바람이 모여들었다.

휘이이이잉!

태하는 그것을 공태륜에게 패배의 선물로 안겨주었다.

콰아아앙!

이 일격으로 인해 공태륜의 내장은 거의 진토가 되어 피죽처럼 흐물흐물하게 변해 버렸다.

태하는 그가 이 자리에서 죽을지도 모른다는 생각에 더 이상의 공격은 가하지 않았다.

"자, 이대로 끝인 것 같군요?"

"……."

백명회에 이어 점창파까지 줄줄이 태하에게 깨지고 나니 선불리 나설 사람을 찾기가 힘들어졌다.

무공 실력을 뽐내는 것은 좋지만 태하처럼 젊은 애송이에게 된통 당해서 병원 신세를 진다는 것은 사문의 이름에 먹칠하는 것이기 때문이다.

그러나 강함에 대한 열망은 누구에게나 있게 마련이다.

자성단의 부단주 배율도가 태하에게 도전장을 내밀었다.

"무공이 대단하시구려. 뭐, 버릇은 좀 없어도 그만한 이유가 있는 듯하군."

"제 싸가지를 인정하시는 겁니까?"

"싸가지는 인정할 수 없지만 무공은 인정한다는 뜻이오."

척!

이번에는 자성단의 뾰족한 창끝이 태하를 향했다.

"한 수 배우고 가도록 하겠소."

"뭐, 좋을 대로 하시죠."

벌써 세 번째 대결이지만 태하에겐 지친 기색이 하나도 보이지 않았다.

이로써 무인들의 자존심에도 엄청난 상처가 되겠으나, 그와 반대로 젊은 고수의 등장에 관심을 갖는 사람들도 있었다.

끼익!

지하 무도장의 문이 열리며 화산그룹의 장문과 그 사제들이 들어섰다.

"그 무공, 우리도 좀 구경합시다."

"화산파?!"

그들은 태하로 위장한 청림에게 다가와 아는 척을 했다.

"그동안 잘 지냈는가?"

"오셨습니까? 먼 길 오시느라 고생 많으셨습니다. 그나저나 어떻게 알고 이곳까지 행차하신 겁니까?"

"우리도 김명화 대협에게 신세를 꽤 지지 않았나? 자네나 자네의 친구에게도 그렇고."

"신세라고 말할 것까진 없습니다만."

"신세지. 우리 사문이 자네에게 큰 빚을 지었잖나?"

사실 태하의 변안공은 청림이 가르친 것이다. 만일 두 사람의 변안공의 경지를 따지자면 태하는 그녀의 발끝에도 미치지 못할 수준이다.

그녀는 그 사람의 외형, 목소리, 심지어 체형과 키까지 똑같이 맞출 수 있는 능력을 가지고 있었다.

물론 그 사람의 세부 조항까지 묘사하자면 꽤 오랜 관찰과 노력이 필요하다.

장치순이 태하의 반대편에 선 사람들에게 말했다.

"우리는 김명화 대협을 위해한 사람들 모두를 적으로 생각하고 있소. 만약 그의 죽음에 관여한 사람이 있다면 우리가 먼저 나서서 검을 뽑을 것이외다. 그러니 오늘 저 청년의 손에 죽지 않는다고 해도 언젠가는 우리가 사실 확인을 거쳐 반드시 피를 볼 것이라는 말이오."

화산은 도를 숭상하는 집단인 만큼 의와 협을 목숨처럼 생각하는 사람들이다.

그들은 애초에 김명화의 이름이 나올 때부터 천태홍을 죽이기로 작정했다.

청림은 미소를 지어 보였다.

"으음, 이제야 좀 균형이 맞아가는군. 안 그렇습니까, 어르신?"

"……"

천태홍의 얼굴에 잔잔한 분노가 느껴지는 듯하다.

*   *   *

자성단의 금룡창법은 당대 최고라고 일컬어지는 가공할 만한 위력의 창술이다.

화려함은 말할 것도 없거니와 그 신묘함과 파괴력은 보는 이로 하여금 압도적인 감탄사를 내뱉게 만든다.

태하는 예전부터 금룡창법이 도대체 어떻기에 다들 엄지를 치켜세우는지 궁금했다.

배율도는 온통 금빛으로 도배가 된 창을 들고 나왔다.

붕붕붕, 척!

좌우로 창을 돌리며 화려하게 등장한 배율도가 창을 바닥에 내려놓자 그 주변으로 금색 원이 쳐졌다.

촤르르릉!

금색의 원 안에선 마치 분수처럼 금빛 가루가 뿜어져 나와 주변을 황금으로 물들였다.

"오오!"

"역시 금룡창의 화려함은 지금 죽어도 여한이 없을 정도로 멋있군!"

"그야말로 장관! 정말 장관입니다!"

이들의 감탄과는 조금 다르긴 하지만 태하 역시 자성단의 창법이 갖는 퍼포먼스에 박수를 보냈다.

"명불허전이로군."

하지만 그래 봤자 태하에게 맞아 고개를 숙일 사람에 지나지 않는다.

척!

태하가 성세를 취하자 주변 사람들은 태하의 열세를 점치기 시작했다.

"권으로 창을 이기는 것이 쉽지는 않지. 천하의 사성권이라곤 해도 금룡창법을 이길 수는 없을 겁니다."

"하긴, 제아무리 뛰어난 무공이라고 해도 상성을 꺾을 수는 없는 법이니."

원래 무공에는 상성이라는 것이 존재하는데, 창법의 경우엔 권법과 같이 공격 범위가 짧은 무공을 잡는 데 특효약이다.

그러나 그것도 실력이 엇비슷할 때의 얘기이다.

태하는 하단전에 있는 사성신공의 내공을 끌어올려 검은 바람을 서서히 흘려보내기 시작했다.

휘이이잉!

점점 더 거칠어지는 묵 빛 바람은 이곳에 모인 모든 무인들을 깜짝 놀라게 만들었다.

"현풍경!"

"이제 막 서른이 넘은 저 청년이 현경의 경지에 올랐단 말입니까?!"

묵뢰의 경지를 넘어선 현풍경은 지금까지 사성권의 고수들이 오른 경지 중에서 최고의 경지로 일컬어지고 있었다.

현풍경의 초입에 이른 사람은 지금까지 단 한 명, 사성권의 창시자뿐이었다.

그나마 김명화가 그와 비슷한 경지에 이르렀지만 내공이 부족하여 그것을 마음껏 뽐낼 수가 없었다.

그런 현풍경의 경지에 태하가 올라 있으니 이곳에 모인 무인들이 놀라서 거품을 무는 것이 당연했다.

하지만 태하에게 현풍경은 그리 대단한 경지가 아니었다.

'한 단계 넘어서면 아주 기절초풍을 하겠군.'

요즘 들어 태하가 느끼는 것은 지하 세계의 호사가들이 생각보다 허풍이 심하다는 것이다.

아주 작은 일도 부풀려 소문내기를 좋아하니 조가괴협이 희대의 살인마에 절대고수로 통하는 것도 무리는 아니었다.

조가괴협이 무인계에 지각 변동을 일으켰다면 아마 김태진이라는 이름 세 글자는 세대교체를 이루게 될지도 모를 일이었다.

일이야 어찌 되었든 간에 이제 태하는 다시 한 번 세간의 주목을 받는 중요한 인물로 자리매김하게 될 것이다.

배율도는 현풍경의 태하에게 강렬한 호승심을 느꼈다.

만약 배율도가 태하를 꺾으면 지하 무림에서 그의 명성이 하늘을 찌를 것이기 때문이다.

"훗, 좋소. 그대가 고수라는 것은 충분히 알았소. 그러니 오늘 제대로 한번 붙어봅시다."

"좋을 대로 하시지요."

지금 배율도는 자신의 창이 태하를 충분히 괴롭혀 무공의 전개에 문제를 줄 것이라고 굳게 믿고 있었다.

하지만 경지의 차이가 현격한데 그 모든 것이 무슨 소용이겠는가?

스스스스!

태하는 보법에 태무신권의 세 번째 구결인 풍신을 감았다.

휘이이잉!

풍신은 무공 초식의 모든 동작에 바람을 실어주는 구결로, 이것은 일시적으로 두 배가량의 가속도를 붙여준다.

스스스, 팟!

덕분에 태하의 신형을 눈으로 확인한 사람이 단 한 명도 없었다.

"허억!"

"도, 도대체 어디로 사라진 거야?!"

잠시 후, 태하가 배율도의 뒤로 돌아와 허리를 양손으로 감았다.

척!

순간, 배율도가 화들짝 놀라 소리쳤다.

"어, 언제 내 뒤로⋯⋯?!"

"잘 가십시오."

원래 사성권에는 유술이 존재하지 않지만 상승무공인 태무신권에는 스케일이 엄청난 유술이 나와 있다.

그는 아주 부드러우면서도 강력한 제4성의 태왕현무 구결을 전개시켰다.

"허업!"

콰앙!

순식간에 배율도의 몸이 뒤집히면서 태하의 허리가 반원을 그리며 꺾였다.

그러자 배율도의 머리로 검은색 낙뢰가 떨어져 그의 몸을 사정없이 흔들기 시작하였다.

치지지지지지직!

"으으으, 으허어어억!"

잠시 후, 그 낙뢰가 흑풍과 함께 폭발하였다.

콰과과과광!

사방으로 흩날린 바닥의 콘크리트 파편이 무인들에게로 튀었다.

그러자 잠시 넋을 놓고 있던 무인들이 정신을 차렸다.

"…세상에! 이게 말이 되는 광경인가?!"

"도무지 믿을 수가 없군! 이제 무인계의 계보가 바뀌는 것은 아닌지 모르겠어!"

각자 새로운 의견을 내놓고 있을 때쯤, 태왕현무의 유술에 갇혀 있던 배율도가 초주검이 되어 빠져나왔다.

자성단의 제자들이 달려와 그를 들쳐 업었다.

"사, 사부님!"

"흑흑!"

태하가 마지막에 손속을 두었기 때문에 뇌가 상하지는 않았겠지만 앞으로 족히 넉 달은 병원에서 와병 생활을 해야 할 것이다.

그는 자신의 옷에 묻은 먼지를 털어내며 말했다.

"승부가 싱겁게 되었군요. 이젠 정말 어르신과 한판 제대로 붙을 수 있을까요?"

"……."

가만히 사태를 지켜보고 있던 금성회의 부회주 선익전이 앞으로 나섰다.

"…내가 자네의 상대가 될지는 모르겠으나 권과 권으로 한 번 맞붙어보세."

금성회는 명실상부한 권의 최고봉으로 손꼽히는 무인 집단으로 여래금강권과 금성신공은 절세의 무학으로 손꼽는다.

태하는 이제 남은 사람이 선익전뿐이니 당연히 그 싸움을 받아들여야 하겠지만, 그에게서 또 다른 깨달음을 얻을 수 있을 것이라 확신했다.

여래금강권은 달마대사의 수제자인 묘현공사가 고향 땅 태백산맥 중턱에서 말년에 얻었다고 전해지는 비기이다.

아직까지 완벽한 해석이 이뤄지지 않아서 지금의 여래금강권은 채 110도 발현되지 않은 것으로 알려져 있었다.

"여래금강권의 가르침을 받을 수 있다면 당연히 싸워야지요."

"고맙네."

제아무리 태하라고 해도 100세에 가까운 선익전 앞에서 버릇없이 굴 수는 없는 노릇이다.

지금까지 금성회가 대한민국에서 해온 업적으로 따지자면 그 어떤 선인보다 위대했기 때문이다.

다만 이런 금성회가 어째서 천태홍의 편을 드는 것인지는 도무지 알 길이 없었다.

일이야 어찌 되었든 간에 태하는 선익전과의 싸움에 기대를 가져본다.

*   *   *

늦은 밤, 조규철이 숨죽여 폐허를 바라보고 있다.

끼이익, 쿵!

그의 끈질긴 감시가 빛을 발하는 듯 폐허의 문이 열리며 당문의 세 고수가 나와 발길을 돌렸다.

이제 당희윤과 당이화, 소주혜가 사라졌으니 조규철이 잠입한다고 해도 그를 잡아낼 수 있는 사람은 없을 것이다.

조규철이 폐허로 잠입하기 위하여 몸을 날렸다.

파바밧!

그의 신형이 바람을 타고 쇼핑몰 테라스에 안착하였다.

미라쇼 플레이마켓

총 15층으로 이뤄진 미라쇼 플레이마켓은 온통 새까맣게 선팅이 되어 있어 밖에서 안이 보이지 않았다.

그는 주머니에서 바실리스크의 발톱으로 만들어진 정교한 유리칼을 꺼냈다.

스르르륵.

유리칼로 선팅된 창문을 도려내자 내부 전경이 고스란히 펼쳐졌다.

조규철은 창문을 도려내자마자 그 앞을 암막 천으로 가렸다.

"허, 허억!"

선팅이 되어 있었지만 그 안은 불이 환하게 켜져 있었던 것이다.

그는 도려낸 창문을 다시 붙여놓고 환풍구 안으로 잠입해 들어가기로 했다.

끼릭, 끼릭.

총 55개의 기능이 내장되어 있는 멀티랜치를 사용해서 환풍구를 연 조규철은 끈끈이가 부착된 장갑과 덧신을 신고 환풍구 아래로 내려갔다.

보통은 양철로 된 환풍구 아래로 내려가자면 꽤 큰 소리가 나게 마련이지만 조규철에게 이런 양철쯤은 별것 아니었다.

마치 도마뱀처럼 아무 소리도 내지 않고 1층에 도착한 조규철은 휴대용 잠망경을 꺼내 밖을 살폈다.

쇼핑몰의 내부는 폐허라기보다는 마치 실험실과 같은 모습이었다.

'도대체 이곳에 뭘 차려두었기에……'

가만히 잠망경으로 내부를 살펴보던 그의 눈동자가 휘둥그레졌다.

철컹, 철컹!

실험용 스테인리스 집기에 실려 가던 노인과 그의 눈이 마주쳤기 때문이다.

'방주님?!'

집기에 실려 가던 노인은 다름 아닌 천태홍이었던 것이다.

그는 도대체 이게 어떻게 된 것인지 감을 잡을 수가 없었다.

'뭐지? 지금 명화방에서 난리를 피우고 있는 방주님은 진짜가 아닌가? 그렇다면 방주께서 납치를……?!'

어느 쪽이 진짜이든 간에 사실을 확인할 필요가 있었다.

그는 환풍구에서 나와 천천히 천태홍을 따라갔다.

제9장
클론

해가 뉘엿뉘엿 지고 있는 나가노의 지하 연무장.

이제 태하는 선익전과의 일전을 앞두고 있는 중이다.

그는 선익전에게 천태홍을 옹호하는 이유에 대해서 먼저 물었다.

"제가 알기론 제 아버지 김명화 협객께서 금강회에서 무공을 사사했다고 들었습니다. 그렇다면 제 아버지는 금강회의 기명제자일진대 어째서 천하 역도의 편을 드는 천태홍에게 힘을 실어주시는 겁니까?"

"싸움에 이유가 있어야 하는가?"

"꼭 그렇지는 않습니다만, 부회주께서 왜 이 싸움에 끼어든 것인지에 대한 명분이 궁금합니다."

"명분이라……."

선익전은 알 듯 말 듯한 미소를 지었다.

"글쎄. 지하 무림에서 꼭 명분이 있어야만 싸움을 하는 것은 아닐 텐데, 그 이유를 꼭 말해줘야 하겠나?"

"뭐, 말씀하시기 껄끄럽다면 굳이 듣지는 않겠습니다."

"그래, 모르는 것이 약일 때도 있으니까."

태하는 선익전과 대화에서 은연중에 풍겨오는 강렬한 압박을 느꼈다.

그는 그저 대화 몇 마디로 사람을 찍어 누를 수 있는 한 방을 가지고 있는 사람이었다.

'대단한데? 내가 은연중에 풍기는 압력에 당황하다니, 정말 내공이 보통이 아닌 노인이군.'

보통의 고수들은 외형이 나이를 먹을수록 역행하는 경향이 있는데, 이것은 그들이 화경의 경지를 뛰어넘으면서부터 환골탈태를 하기 때문이다.

그런데 선익전은 이미 화경의 경지를 뛰어넘은 것으로 알려져 있음에도 겉모습이 노인의 것 그대로였다.

이것은 선익전이 환골탈태를 하지 않고도 경지를 뛰어넘었다는 것을 방증하는 것이다.

한마디로 그는 남들과 다른 의미의 내공을 품고 있다는 뜻
이다.

태하는 그에게 상당한 호기심을 느꼈지만 지금은 그와 정
답게 마주 앉아 여담이나 나누고 있을 겨를이 없었다.

"어르신, 그럼 이 핏덩이가 한 수 접겠습니다. 먼저 가르침
을 주시지요."

"허허, 그것은 자네의 자신감인가, 아니면 나를 공경하는 공
손한 태도인가?"

"자신감이기도 하지만 어르신을 공경하는 태도이기도 하지
요."

"뭐, 그렇다면 사양치 않고 먼저 손을 쓰겠네."

선익전이 여래금강권을 출수하기 위해 자세를 잡았다.

스윽.

여래금강권은 여타 다른 권법에서는 보기 힘든 아주 편안
한 자세에서부터 출수하도록 되어 있다.

이는 어쩌면 불가에서 기인한 무공이기에 갖는 특징일 수도
있지만, 이에 대해서 깊이 아는 사람은 아무도 없었다.

스스스스!

선익전의 어깨에서 아지랑이 같은 것이 피어올라 주변에 연
꽃 냄새를 풍기기 시작했다.

태하는 그의 아지랑이에서 느껴지는 풍미에 그만 정신을 놓

고 말았다.

'…진기는 그 무공과 사람의 인성을 대변하는 것이다. 이 노인은 맑고 투명하다. 적어도 어디서 죄를 지을 사람은 아니야.'

금강회가 불가의 가르침을 숭상하는 집단이니만큼 죄라는 단어와 거리가 멀다고 볼 수 있다.

좋은 것은 나누고 나쁜 것은 함께 해치워 나가는 것이 금강회의 이념이니 그들이 청야성의 끄나풀에게 손을 내민다는 것은 어불성설이다.

바로 그때, 태하의 귓전으로 선익전의 목소리가 울려 퍼졌다.

―내 자네의 아버지에게 여래금강권을 가르친 스승일세.

순간, 태하의 눈동자가 살며시 흔들렸다.

―그러나 지금 당장 이자를 처죽일 수는 없어. 이자는 가짜이기 때문이지.

태하는 자신에게 전달된 전음에 곧바로 답문을 보냈다.

―어르신, 그게 무슨 말씀이십니까? 저자가 진짜 명화방주가 아니라는 뜻입니까?

―자세한 것은 잘 모르겠으나, 얼마 전부터 명화방주가 이상한 짓을 하고 다닌다고 하여 내가 한번 만나서 심중을 떠본 적이 있네. 그때 진짜 명화방주가 아니라는 것을 깨달았지.

태하는 이제야 금강회가 왜 천태홍의 편을 드는지 알 것 같 았다.

애초에 천태홍은 일신상의 문제가 생겨 명화방에서 자취를 감추었고, 그 자리를 대신 가짜 천태홍이 꿰찬 것이다.

—또한 이 자리는 청야성과 관계가 있는 사람들을 솎아낼 수 있는 좋은 기회일세. 지금만 봐도 알 수 있지 않나? 점창과 자성단에 청야성의 끄나풀이 있어.

—어르신도 청야성에 대해 알고 계신 것입니까?

—꽤 오래되었지. 청야성은 지하 세계나 속세에나 기생충과 같은 존재들일세. 세상을 좀먹고 있다고 해도 과언이 아니야. 그런 놈들의 정체를 파헤쳐 후세에 좋은 세상을 물려주는 것 이 우리 무인들의 미덕 아니겠나?

—그렇군요.

선익전이 별안간 입을 열었다.

"사람들은 나이를 먹으면 가르침을 받기 힘들다고 생각하지 만, 그것은 잘못된 생각일세. 아흔이 넘어가면 배워야 할 것이 더 많다는 것을 절감하게 돼. 자네는 어떻게 생각할지 모르겠 지만 내가 오늘 자네에게 한 수 배워야 할 것 같군."

"그렇다면 가르침을 한 수씩 주고받기로 하지요."

"좋지."

먼저 손을 뻗은 사람은 태하였다.

그는 뇌전이 빗발치는 정권을 내지르며 앞으로 나아갔다.

콰지지직!

그러자 선익전이 무색의 아지랑이를 물결처럼 흔들어 태하에게 날려 보냈다.

"자, 그럼 나도 한 대 치겠네!"

스스스스, 파앙!

태하는 그가 분명 손속을 두었다는 것을 알고 있었으나, 그 권풍에서 도저히 빈틈을 찾아볼 수가 없었다.

잔잔한 듯하지만 서서히 사람의 목덜미를 옭아매는 여래금강권의 오의는 새삼 태하를 놀라게 만들었다.

'대단하다! 이것이 바로……!'

선익전이 무심한 듯 날린 권풍을 맞은 태하는 그것을 막지 않고 피해냈다.

파밧!

태하는 옆으로 신형을 늘어뜨리면서 선익전의 턱으로 주먹을 쭉 뻗어 올렸다.

이것은 선익전의 측면을 공격한 것이기에 사각지대에서 날아드는 주먹을 보지 못할 가능성이 높았다.

하지만 선익전은 이미 모든 것을 간파하고 있었다.

"크흠!"

그는 손으로 큰 원을 그려 태하의 주먹이 날아드는 사각지

대의 빈틈을 채워 나갔다.

휘이이잉!

"선경타!"

순간, 태하의 몸이 공중으로 붕 뜨면서 신경이 하늘로 향했다.

휘릭!

태하는 크게 놀라지 않을 수 없었다.

아무리 그가 제대로 무공을 쓰지 않고 있다곤 하지만 선익전도 충분히 손속을 두고 있는 상태였다.

내공으로 보자면 태하가 몇 수 위였지만 외공을 다루는 노련함은 선익전이 훨씬 더 높았다.

그제야 태하는 무공이 무릇 내공의 경지만으로 말할 수 없는 것임을 깨달았다.

'그래, 이분에게선 뭔가 가르침을 받을 것이라 확신했다. 소리 없이 가르침을 주시는군.'

태하는 공중으로 팅겨져 날아갔다가 이내 공중제비를 돌며 땅으로 안착했다.

"역시 저와 같은 햇병아리는 어르신의 가르침을 더 받아야 할 것 같군요."

"자네의 내공도 만만치 않아. 그 어린 나이에 이루기엔 과분하다 할 정도로군."

"과찬이십니다."

두 사람 사이에 적대감이 사라질 때쯤 연무장의 문이 열렸다.

쾅!

순간, 무인들의 고개가 태하와 선익전에게서 문을 연 사람들에게로 돌아갔다.

문을 연 사람은 다름 아닌 사성회의 구회명 회장과 장로들, 그리고 그 휘하의 제자들이었다.

*   *   *

구회명이 직접 왕림했다는 것은 너무나도 의외의 일이었다.

"우리가 산통을 깬 것은 아닌지 모르겠군요."

"…구 회장?"

그는 태하에게로 다가가 악수를 건넸다.

"비무 중에 미안하네만, 처음 보는 사이이니 악수쯤은 해두어도 괜찮지 않겠나?"

"저보다는……."

구회명이 선익전을 바라보자 그는 미소를 지으며 고개를 끄덕였다.

그는 선익전의 양해를 구하고 태하와 반갑게 악수를 나누었다.

"반갑네. 나는 자네 부친의 사부일세. 아마 태하는 내 얼굴을 알고 있겠지?"

"물론입니다."

청림이 구회명을 바라보며 꾸벅 고개를 숙였다.

"안녕하셨습니까?"

"그래, 오랜만이구나. 신분을 회복했다는 소식은 들었는데 왜 나를 찾아오지 않았느냐?"

"죄송합니다. 사정이 좀 있었습니다."

"그래, 이해한다."

구회명이 천태홍을 바라보며 말했다.

"이보십시오, 천 회장. 미안하게 되었습니다만 우리 사성회는 명화의 죽음에 대한 책임을 묻지 않을 수가 없습니다. 이해하시지요?"

"…다시 전쟁을 하자는 말씀이십니까?"

"만약 전쟁을 치르게 된다면 치러야지요. 지금 이 상황은 전쟁을 벌이지 않고선 결코 넘어갈 수 없게 생기지 않았습니까?"

"흠……."

"더군다나 사손자가 아비의 복수를 하겠다고 이렇게 나섰는데 명색의 사조부가 되어서 가만히 있을 수 있겠습니까? 그

동안은 명화의 죽음에 명화방이 관련 없다고 생각하여 가만히 있었습니다만, 그게 아니라면 도저히 참을 수 없지."

이제 사성회까지 태하의 편에 섰으니 천태홍은 똥줄이 바짝 타고 있을 터였다.

'그래, 만약 네가 가짜라면 아마 지금쯤이면 머리가 터질 것 같겠지. 나라도 그렇겠다.'

이번에는 선익전이 돌아섰다.

"이 청년과 손을 섞어보니 충분히 알겠군요. 김태진이라는 이 청년은 내가 믿을 만한 사람이라는 것을 말입니다."

"…무슨 말이 그렇습니까, 부회주? 정신이 어떻게 된 겁니까? 갑자기 입장을 바꾸면……."

"허허, 나이를 먹으니 변덕이 심해지는군요."

선익전은 이제부터 본격적으로 그를 압박하기로 마음먹은 모양이다.

"이제 진짜 편 가르기가 끝난 것 같으니 장본인이 직접 나오시지요."

"…진심입니까?"

"물론."

더 이상 그에게 물러날 수 있는 곳은 없었다.

스르르릉!

그가 검을 뽑자 뒤를 따르던 세력과 조력자들이 모조리 검을 뽑아 들었다.

"그렇게 피가 고프다면야 어쩔 수 없지요."

"필요하다면 얼마든 흘려야 하는 것이기도 하니 만약 오늘 죽어도 여한은 없습니다."

바로 그때, 하늘에서 아미파의 장문인 연태실이 뚝 떨어져 내렸다.

파밧!

연태실은 검을 뽑아 들어 천태홍을 겨누었다.

스릉!

"…연 장문?!"

"시끄럽다! 그 더러운 입으로 더 이상 오라버니를 사칭하지 마라!"

순간, 장내가 혼란에 휩싸였다.

"원래 아미파는 중립이 아니었는가?"

"무슨 바람이 불어서 저러는 거지?"

그를 바라보는 연태실의 눈동자가 파르르 떨려왔다.

"…설마하니 내가 한때나마 연모한 남자를 알아보지 못할 줄 알았나?"

"……!"

그녀의 등장에 소란스러워진 장내가 이제는 수습이 불가능 해질 정도로 시끄러워졌다.

"자, 장문! 그게 무슨 소리입니까?! 연인이라니요?!"

"…사실이다. 나와 천 방주는 젊어서 연정을 통한 사이였다. 비록 오라버니에게 여자가 터무니없이 많이 꼬여서 사이가 틀어지긴 했지만."

"허, 허어!"

아미파의 장로들은 얼굴이 새빨개져서 혀를 찼다.

"허 참, 설마하니 대사제께서 명화방의 후계자와 바람이 났을 줄이야!"

"만약 사부께서 살아 계실 때 이런 일이 밝혀졌다면 참수를 당했을 겁니다!"

그녀는 아미파의 장문을 상징하는 옥패를 가슴에서 떼어냈다.

촤락!

"이미 각오했다. 너희들이 나를 장문의 자리에서 끌어내려목을 친다고 해도 후회는 없어. 하지만 저 가짜는 죽이고 죽어야겠다!"

"사, 사부님!"

거의 실성한 그녀에게로 천하랑이 다가왔다.

"연 누이, 아니지. 연 장문, 그게 사실이오? 저 사람이 가짜라는 것 말이오."

"…맞아요. 저 사람은 가짜예요."

"흠……."

아미파의 장로들이 천하랑을 바라보며 물었다.

"서, 설마 당신도 이 사태에 대해서 알고 있던 겁니까?"

"물론이지요. 우리가 알고 지낸 세월이 얼마인데."

"허, 허어!"

"아무튼 과거의 인연은 중요하지 않습니다. 저 사람이 나의 사형인지 아닌지가 중요할 뿐."

장내가 거의 아수라장이 되었을 때쯤, 연무장으로 한 대의 구급차가 들어왔다.

에에엥, 에에엥!

사람들의 고개가 좌로 일제히 꺾였다.

"저건 또 뭐지?"

"갑자기 구급차가? 가짜라는 저 천태홍을 잡아 죽이려는 건가?"

"죽일 것이라면 뭣 하러 구급차를 부르겠어?"

"하긴."

잠시 후, 구급차의 문이 열렸다.

철컹!

이윽고 그 안에서 휠체어를 탄 천태홍이 모습을 드러냈다.

순간, 사람들의 눈동자가 휘둥그레졌다.

"…통탄할 일이군. 나를 사칭하는 사람이 있다니."

"……!"

휠체어를 탄 천태홍에게 연태실이 다가왔다.

"오라… 버니?"

"으음? 자네가 여긴 어떻게……?"

"험험, 그렇게 됐네요. 그나저나 어떻게 된 건가요? 저 사람은 또 뭐고."

"그러게, 나도 그게 궁금하네. 그리고……."

"……?"

천태홍은 아무도 들리지 않게 연태실에게 속삭였다.

"…아직도 귓불을 깨물면 흥분하나?"

"……!"

그녀는 다짜고짜 천태홍의 따귀를 후려 갈겼다.

짜악!

"어, 어어?"

"…맞아요. 이 사람이 진짜 천태홍이네요."

이제 모든 것이 밝혀졌으니 가짜 천태홍과 그 아들은 이곳에서 살아남지 못할 것이다.

그러나 아직까지 누가 진짜인지 분간을 하지 못하는 명화방의 제자들은 혼란스러워 갈피를 잡지 못했다.

"이게 도대체 어떻게 된……."

태하는 가짜 천태홍이 반쪽짜리 고수라는 것을 어렴풋이

알 수 있었다.

그는 진짜 천태홍에게 말했다.

"어르신, 제자들이 혼란해하는 것 같습니다."

"그런 것 같군."

"만약 저에게 가르침을 주신다면 제가 명화방의 절기로 저 놈을 요절내겠습니다."

"그러나 절기를 지금 가르친다고 어쩔 수 있겠나?"

천하랑이 태하의 보증을 서주며 나섰다.

"할 수 있습니다. 이 청년은 김명화 협객의 아들이며 지금까지 모두 세 명의 절정고수를 쓰러뜨렸습니다. 충분히 할 수 있을 겁니다."

"흠, 자네가 그렇게 말한다면 한번 믿어보도록 하지."

천태홍은 태하에게 천마신권의 오의인 천혈수라장을 전수하기로 했다.

"잘 듣게."

그는 구두로 태하에게 천혈수라장을 전수해 주려다가 이 소리를 가짜 천태홍이 들을까 겁나 전음으로 옮겼다.

―전음으로 대신하겠네. 충분히 이해할 수 있겠나?

―물론입니다.

천태홍은 태하의 머릿속에 천마신권과 천혈수라장의 구결을 각인시키기 시작했다.

　　　　　*　　　　　*　　　　　*

　늦은 밤, 이제는 부회장 승계 자체가 무효화되고 진짜 천태
홍과 가짜 천태홍을 가리는 일이 주된 화제로 떠올랐다.

　태하는 천태홍에게 직접 사사한 천마신권의 기본 자세를
잡았다.

　척!

　한 손은 단전 명치 부근에 놓고 다른 한 손은 그곳에서 어
깨 넓이 정도 떨어뜨려 가볍게 펼치는 것이 천마신권의 기본
자세이다.

　아주 단순해 보이는 천마신권이지만 이 안에 음양오행의 기
본이 전부 담겨 있었다.

　태하는 자신과 같은 자세를 잡고 있는 가짜 천태홍을 바라
보며 말했다.

　"보아하니 나와 그리 연배 차이도 안 나는 것 같은데 말 놓
기로 하지?"

　"…이놈아, 만약 내가 진짜 천태홍이면 어쩌려는 것이냐?"

　"만약 그렇다면 나의 천혈수라장을 막아내고도 남겠지. 천
하랑 장로님을 비롯한 명화방의 모든 제자가 아는 것을 장문
이 모를 수가 있겠나?"

"……."

제아무리 내공을 증진시켜서 현경 최상급의 고수를 흉내
낼 수 있다고 해도 전승비기까지 흉내 낼 수는 없을 것이다.

태하는 가볍게 앞으로 발을 뻗으며 서서히 권을 내질렀다.

스스스스!

그가 앞으로 나아가는 동안 모여든 진기는 진홍빛의 불을
뿜어냈고, 이것은 일격의 장법으로 변신하였다.

"허업!"

아주 단순해 보이는 천혈수라장의 시작이나 그 끝은 상상
을 초월할 정도로 막강한 장법으로 변모할 것이다.

가까 천태홍은 천혈수라장의 하위 무공인 태천수라장의 구
결을 뻗어냈다.

그러자 그의 몸에서 초록색 독공이 스멀스멀 피어나기 시
작했다.

츠츠츠츠츠!

순간, 태하의 눈이 살며시 일그러졌다.

"…당문?!"

"죽어라!"

태천수라장을 가장한 그는 녹색 독공을 뻗어 태하에게 그
것을 마구 뿜어내기 시작했다.

촤라라라라락!

독공에는 회선침이 뒤섞여 있어서 이것을 모두 쳐내지 않으면 심신이 뒤틀려 죽을 수도 있을 터였다.

하지만 태하는 그의 경지를 가볍게 뛰어넘은 무형경의 고수였다.

'어리석은 놈, 아직까지 내 경지에 대해서 아는 것이 없구나.'

태하는 그가 던진 독공을 하나로 갈무리하여 튕겨냈다.

퍼엉!

태무신권의 제2성 흑룡권이 독공을 고스란히 역행시켜 가짜 천태홍에게 날아가 적중하였다.

퍼버버버벅!

그는 스스로 뿜어낸 독의 역풍에 맞아 그 자리에서 사망하고 말았다.

"쿨럭쿨럭!"

"인과응보다."

"꼬르르르륵."

가짜 천태홍이 쓰러지자 그의 목에 달려 있던 음성 변조기가 불꽃을 내뿜으며 수면 위로 모습을 드러냈다.

아마도 가짜 행사를 하려다 보니 급하게 음성 변조기를 사용한 모양이다.

명화방의 제자들이 천태홍의 앞에 무릎을 꿇었다.

"…태 사부님! 저희들을 죽여주십시오!"

"됐다. 방이 제자리로 되돌아왔으면 되었다."

이제 모든 시선이 천지호라는 사람에게 돌아갔다.

"그나저나 저놈은 이제 어떻게 처리해야 하나?"

"또 다른 끄나풀이 누가 있는지 알아본 후에 죽여야 하지 않겠습니까?"

"그래, 그건 그렇군."

천지호는 가만히 그들의 얘기를 듣고 있다가 갑자기 웃음을 터뜨리기 시작했다.

"크하하, 크하하하하!"

"…저놈이 미쳤나? 갑자기 왜 저러지?"

"일이야 어찌 되었든 간에 실패는 실패지."

"……?"

천지호는 깔끔하게 자살을 선택했다.

촤락!

그는 스스로 목에 검을 찔러 넣었다.

푸하아아아악!

태하가 황급히 달려가 그의 혈도를 짚어 피를 멈추게 만들고자 하였으나, 이미 그의 몸에는 맹독이 퍼져 나가고 있는 중이었다.

"쿨럭쿨럭!"

"…지독한 놈! 방금 전에 가짜 방주가 맞아 죽은 맹독을 그대로 사용한 모양입니다! 피가 멈추지 않아요!"

잠시 후, 천지호는 미소를 지으며 죽었다.

"으허어……."

"끝까지 독하게 구는군."

사방이 천지호의 피로 물들며 사건은 그렇게 일단락되었다.

*   *   *

이틀 후, 명화방에서 7 대 장로 다섯 명의 합동 장례식이 열렸다.

딱, 딱, 딱…….

명화방이 명교의 후위이긴 하지만 개인의 종교를 가지지 말라는 법은 없다.

장로들 중에서 유일하게 종교를 가졌던 막내 쥬마루를 위해서 장례식은 불교식으로 열렸다.

목탁 두드리는 소리가 울려 퍼지는 장례식장 한가운데에서 한 여인이 서럽게 울고 있다.

"흑흑, 흑흑……."

천태홍은 천하랑에게 그녀의 정체에 대해 물었다.

"저 여자는 누구야?"

"글쎄요. 저도 잘 모릅니다. 그냥 스스로 상복을 입고 나타났기에 우리 사형제들 중에 한 사람의 정인이라고 생각했을 뿐이죠."

"누구의 여자라곤 밝히지 않았어?"

"저도 경황이 없어서 잘……."

"흠……."

두 사람은 그녀가 북해도 사투리를 쓴다는 점에서 북쪽 언저리에서 왔을 것이라고 어렴풋이 짐작하고 있을 뿐이었다.

이제는 휠체어 신세를 벗어난 천태홍의 곁에는 장지원과 츠바사도 함께 있었다.

천태홍은 장지원에게 츠바사의 일에 대해 물었다.

"그나저나 츠바사는 이제 완전히 우리의 손을 떠난 것이냐?"

"예, 사부님."

"흠……."

그는 자신이 실종된 후에 일어난 이 엄청난 일들에 대해 아직도 실감을 하지 못했다.

"믿기지가 않는군. 자고 일어났더니 아주 집안이 풍비박산이 났으니……."

"그래도 현실은 직시해야지요."

천태홍은 후계 구도를 확고히 세우기로 한다.

"앞으로 우리 문파의 뒤는 주원이가 맡는다. 이제부터 주원이는 폐관수련에 들어가고 부회장의 직무와 총괄이사의 직무 모두 하랑 자네가 맡아주게."

"예, 사형."

"지원이 너도 이제 몸이 회복되었으니 일 좀 해야지. 당장 복귀해서 제2 부회장 직위를 받아서 일하도록 하여라."

"예, 사부님."

그는 이제 태하를 바라보며 물었다.

"태하야."

"예, 회장님."

"넌 KP그룹을 계속 운영해 나갈 생각이냐?"

"예, 그렇습니다."

"그렇다면 명화방의 사외이사직을 맡아다오. 네 외숙이 폐관 수련에 들어가면 아마 사외이사의 숫자가 부족하게 될 게다. 장로들도 없는 판국에 이사들의 숫자라도 늘려야지."

"알겠습니다. 그리 하지요."

그는 태하의 곁에 있는 청림을 바라보며 말했다.

"아가씨는 앞으로 우리 사문에 또 위기가 닥친다면 손을 빌려주시오. 내가 이렇게 부탁하리다."

"걱정하지 마십시오."

천태홍은 그제야 슬며시 눈을 감고 사제들의 넋을 달랬다.

      *   *   *

명화방에서의 장례식이 끝난 후, 태하는 사성그룹의 이사회로 초대되었다.

사성그룹의 장로들은 태하, 그러니까 김태진을 총괄이사의 자리에 앉힌다는 소리에 아주 떨떠름한 표정을 짓고 있었다.

"앞으로 김명화 전 총괄이사의 직무는 그 아들 김태진 군이 이어서 맡아나갈 것이네. 만약 이에 이견이 있는 사람이 있다면 지금 이의를 제기하시게."

"……."

전체적으로 구회성의 말에 토를 다는 사람은 없었지만 그래도 떨떠름한 입맛을 감추는 것은 쉽지 않아보였다.

그들이 사족을 달 수 없는 것은 태하가 아버지의 상승무공을 혼자만 이해하고 있었기 때문이었다.

이를 제자들에게 전파하자면 그의 의견이 반드시 필요했으니, 사족을 다는 것 자체가 불가능했던 것이다.

더군다나 이 회사에서 사성권으로 태하를 이길 수 있는 사람은 한 명도 존재하지 않았다.

그러니 아니꼽더라도 태하의 손을 들어줄 수밖에 없었다.

"아무튼 당장 다음 주부터 업무에 착수하게 될 테니, 비서실장은 수행비서들을 준비해 주게."

"예, 알겠습니다."

뜻하지는 않았지만 아버지가 사용하던 서재를 계속 사용할 수 있게 된 태하였다.

제10장
정략혼

이른 아침부터 태하의 집이 부산스럽다.

아침밥을 준비하는 청림과 신사복에 줄을 잡는 태하의 손이 서로 바쁘다.

"오라버니, 아침은 간단하게 드실 거죠?"

"그래야지."

"그럼 오늘은 늦게 들어오시나요?"

"아니, 그렇지는 않아. 내가 늦게 들어올 이유가 없잖아?"

"그렇군요."

청림은 밥상을 차리면서 태하에게 자신이 느낀 의구심에

대해 털어놓았다.

"그런데 말이죠, 그 사람의 눈빛이 참으로 오묘했어요."

"어떤 의미에서?"

"글쎄요, 이건 그냥 여자의 감인데요. 그 사람, 오라버니를 바라보는 눈빛에 애증이 섞여 있었어요."

태하는 실소를 흘렸다.

"하하, 애증? 나를 처음 보는 사람이 무슨 애증?"

"그러게 말이에요. 분명 처음 보는 사람인데 무슨 애증을 느낀 것일까요?"

"그냥 청림이 착각한 것 아니야?"

"그런가?"

고개를 갸웃거리며 조식 준비를 모두 마친 그녀는 밥그릇에 밥을 퍼 담기 전에 태하를 불렀다.

"오라버니, 이제 식사하세요. 다 됐어요."

"그래, 고마워."

태하가 부엌으로 들어서자 조기구이와 미역국, 그리고 네 가지의 나물무침이 차려진 밥상이 그를 기다리고 있다.

그는 수저를 놓고 물컵을 차례대로 채우는 그녀를 바라보며 자신도 모르게 미소를 지었다.

"앞치마가 잘 어울리네."

"네? 새삼스럽게 그게 무슨 소리예요?"

"그냥 앞치마가 오늘따라 잘 어울리는 것 같아서 해본 소리야."

"오라버니도 참, 별소리를 다 하시네요."

머리를 한껏 모아 위로 묶어 올린 그녀의 사과 모양 머리도 귀엽고 화장기 없이도 아름다운 얼굴도 한층 빛을 발하는 것 같았다.

태하는 자신도 모르게 스르르 입이 열렸다.

"이래서 결혼한 남자들이 집에 빨리 들어가나 봐."

"겨, 결혼이요?"

"험험! 내가 지금 무슨 소리를 하는 거람?"

"…결혼이라니……."

"미, 미안해. 그냥 머릿속에 담고 있던 소리가 튀어나오는 바람에……."

너무 당황한 나머지 그녀에게 둘러댄다고 꺼낸 소리 역시 이상스러웠다.

그는 고개를 푹 숙인 채 밥상 앞에 앉았다.

"크흠! 밥 먹자."

"네, 알겠어요."

태하와 마주한 청림은 조금 어색하지만 아주 싱그러운 미소를 지었다.

"결혼이라… 하긴, 오라버니와 제가 결혼을 하면 잘 살 것 같기는 해요."

"…진심이야?"

"물론 결혼을 했을 때의 얘기지만 말이에요."

태하는 불현듯 궁금해졌다.

"그런데 말이야, 청림과 내가 결혼을 할 수는 있을까?"

"으음, 글쎄요. 신선님께 여쭤본다면 답을 얻을 수 있을지 몰라요."

"그런가?"

"인간일 때의 저도 저이지만 범고래의 저도 저거든요."

"아아……."

지금까지 태하는 그녀가 신수였다는 것을 잠시 잊고 있었다.

'하긴, 신수와 인간이 아이를 어떻게 낳아?'

그는 실소를 흘렸다.

*　　　　*　　　　*

그날 오전, 태하는 강남 한복판에 있는 한옥 저택을 찾았다.

똑똑.

초인종도 없는 저택의 문을 두드리자, 그 안에서 미리 기다리고 있던 한복 차림의 여자가 마중을 나왔다.

"김태하 선생님?"

"예, 그렇습니다."

"따라오시지요. 의원님께서 기다리고 계십니다."

태하가 그녀를 따라서 한옥 안으로 들어가자 정갈하고도 고즈넉한 한옥 정원이 눈에 들어왔다.

마당에는 매화와 국화, 배나무 등이 심어져 있고, 그 중앙에는 커다란 느티나무 한 그루가 자리를 잡고 있었다.

태하는 아름드리나무를 바라보며 감탄사를 자아냈다.

"이야, 크네요."

"350년을 살았습니다. 조선 시대부터 이곳을 지켜왔지요."

"어쩐지 그 풍채부터가 남다르다고 했습니다."

느티나무 아래에는 더위를 피해서 쉴 만한 탁자와 의자가 놓여 있고, 그 옆에는 대략 5평쯤 되는 평상이 위치해 있었다.

아마 여름이 되면 이곳에 모여 두런두런 수박을 잘라 먹을 것 같은 분위기이다.

"좋은 집이군요."

"오랜 세월을 버텼습니다. 특히나 일제강점기에는 불에 타 없어질 위기에 놓이기도 했지요. 하지만 이 집은 끝까지 굴하지 않고 버텼습니다. 그만큼 저력을 가진 집안이란 뜻이기도 하지요."

"그렇군요."

태어나 이런 고풍스러운 정통 한옥을 처음 보는 태하로선 신기한 점이 한두 가지가 아니었다.

이윽고 태하는 안채를 지나 사랑채에 도달했다.

사랑채에는 개량 한복을 입은 김명주가 조용히 앉아 차를 마시고 있었다.

그녀는 김명주에게 기척을 냈다.

"의원님, 말씀하신 김태하 선생을 모셔왔습니다."

"그래, 수고했네."

이내 그녀는 돌아가고 김명주가 태하를 안으로 들였다.

"이쪽으로 오시죠. 누추하지만 그럭저럭 있을 만할 겁니다."

"그럼 실례하겠습니다."

태하는 한옥에 들어서자마자 아주 상쾌한 기분을 느꼈다.

그의 기억 속에 구옥은 약간 퀴퀴하고 쿰쿰한 냄새가 나는 집인데 이곳은 달랐다.

아주 향긋하면서도 청량한 기운이 태하의 몸을 마사지하는 것 같은 느낌이 들었다.

"제가 집에 대해 아는 것은 별로 없습니다만, 이렇게 정갈하고 깔끔한 한옥은 처음입니다. 관리가 쉽지 않을 텐데, 대단하시군요."

"조상 대대로 물려 내려온 집입니다. 그리고 우리 후손들에게 물려줄 집이고요. 관리를 소홀히 해선 안 되지요. 원래는 집안의 아낙들이 이 일을 도맡아서 했습니다만, 지금은 사학자들에게 조언을 받아 한옥 전문 관리사가 집을 케어합니다. 그러니 집이 깔끔하게 유지될 수밖에 없지요."

"그렇군요."

그는 태하에게 찻잔을 권했다.

"다도에 대해서 잘 아십니까?"

"아니요. 저는 공부 말고는 취미가 별로 없습니다."

"으음, 대단히 성실한 청년이로군요."

"성실하다기보다는 무미건조한 청년이지요."

"후후, 어찌 보면 그것도 틀린 소리는 아니네요."

김명주는 태하의 찻잔에 찻물을 따라주며 말했다.

"그나저나 내가 당신을 이곳으로 초대한 이유가 궁금하지 않으십니까?"

"사실 그것이 못내 궁금하긴 했습니다. 의원님처럼 저명하신 분이 저를 왜 보고 싶은가 해서 말입니다."

그는 실소를 흘리며 답했다.

"저명이라… 저명인사도 관심이 가는 사람이 있게 마련이지요."

"영광입니다. 제게 관심이 가다니요."

김명주는 태하에게 자리를 옮길 것을 권했다.

"이럴 것이 아니라 술이라도 한잔하면서 얘기합시다."

"수, 술이요?"

"술이라는 것이 꼭 밤에만 마셔야 한다는 법은 없어요. 남자끼리 앉아 차를 마시기 좀 뭣하니 술을 마시는 경우가 옛날부터 꽤 많았답니다."

"아아, 그렇군요."

"갑시다. 정자에서 한잔하자고요."

"예, 의원님."

태하는 자리에서 일어나 그를 따라 정원으로 향했다.

* * *

저택 후원에 위치한 정자는 한옥의 풍경이 고스란히 내다보이는 것은 물론이거니와 온 동네의 풍경이 훤히 다 내려다보였다.

태하는 만약 딱딱한 도시 속이 아니었다면 풍경이 꽤 수려했을 것이라고 생각했다.

"풍류를 즐기기엔 아주 제격일 뻔했습니다."

"하하, 원래는 그랬지요. 하지만 강남이 갑자기 번화해지는 바람에 이 지경이 되었습니다. 원래 이곳은 산과 들에 논, 밭밖에 없던 땅입니다. 만약 강남이 이렇게 번화할 줄 알았다면 다른 방책을 생각해 봤을지도 모릅니다. 이 주변의 땅을 사서 숲을 조성한다든지 끝까지 산으로 그냥 둔다든지 말입니다."

"할 수만 있다면 그것도 나쁜 선택은 아닌 것 같군요."

"하지만 사람이 대세를 거스를 수는 없습니다. 정부에서 개발을 한다는데 혼자서 튀었다간 무슨 사달이 나도 나게 될 겁니다. 모난 돌이 정 맞는다는 속담도 있지 않습니까?"

두 사람은 정자에 앉아 간단한 주안상에 술잔을 부딪쳤다.

"자, 그럼 한 잔하시지요."

"감사합니다. 잘 마시겠습니다."

태하가 정중하게 잔을 받아 마시자 김명주가 그에게 주도에 대해 물었다.

"술은 어디서 배웠습니까?"

"아버지가 애주가이십니다. 어머니도 그렇고요."

"어머니도… 애주가셨군요."

"제 어머니를 아십니까?"

"얼굴은 많이 보지 못했습니다. 많아야 두세 번 봤을 겁니다."

"그렇군요."

가만히 술잔을 바라보던 태하가 그에게 진지하게 물었다.

"이런 말씀을 드리긴 좀 뭣합니다만, 술자리를 갖자고 저를 부르신 것은 아닌 것 같습니다."

"그래요?"

"제 부친의 친우셨다면 제가 모를 리가 없지요. 그런데 그것도 아니라면……."

김명주는 쓸쓸한 미소를 지었다.

"눈치가 빠른 것이 아버지를 빼닮았군요."

"……?"

그는 김명화의 친가에 대한 얘기를 꺼냈다.

"혹시 아버지께서 친가에 대한 얘기를 하신 적이 없으십니까?"

"아니요. 단 한 번도 없었습니다. 저에겐 그냥 사성회주께서 아버지 같은 분이라고만 하셨습니다."

"…그랬군요."

급격히 낯빛이 어두워지는 그를 바라보며 태하는 뭔가 심상치 않다는 것을 느꼈다.

'김명주, 김명화… 서, 설마…….'

점점 딱딱해지는 태하의 표정을 바라보며 김명주가 덤덤한 투로 말했다.

"그래요, 아마 지금쯤이면 감이 왔을 겁니다. 김명주, 김명화, 돌림자가 명 자이지요."

"그, 그렇다는 것은……."

"한양 김씨 35대손, 명 자 돌림 중에서 저는 장손이고 명화는 차손이었죠."

태하는 워낙 갑작스러운 고백이라 머리가 핑 도는 느낌이 들었다.

"그, 그러니까 의원님께선……."

"김태하 선생의 백부가 되는 셈이죠. 항렬로 따진다면 제 아래 태 자 돌림, 제 딸들과 같습니다."

"후우! 갑자기 이런 말씀을 하시니 적응이 안 됩니다."

"알아요. 그 느낌, 어떤 느낌인지 어렴풋이 알 것도 같네요."

김명주는 태하에게 자신이 왜 찾아온 것인지 알렸다.

"제 동생 명화는 아버지의 총애를 받았습니다. 장남인 저는 종손으로서 무엇을 해도 모질게 야단을 맞았지만 명화는 달랐습니다. 자기가 하고 싶은 무공 연마도 하고 그에 대한 소질을 보여 사성회의 기명제자가 되었지요."

"그렇지만 제 어머니와의 결혼으로 파문을 당하셨지요."

"그래요. 장희원 박사, 그 여자… 아니지, 미안합니다. 제수씨를 만나서 파문을 당했습니다. 그때 두 사람은 명화방과 사성회의 오랜 은원 관계를 끝낸다는 의미에서 영웅 대접을 받았습니다. 하지만 가문의 얼굴엔 먹칠을 하고 말았죠."

태하는 그의 말을 들으니 자신이 꼭 사생아가 된 것 같은 느낌이 들었다. 그러나 그것을 곧이곧대로 까발릴 정도로 속이 좁은 태하는 아니었다.

"그렇군요."

"아마 궁금할 겁니다. 파문을 당한 동생에게, 그것도 죽은 지가 꽤 되어서 찾아온 이유에 대해서 말입니다."

"……"

그는 태하에게 아버지 김상뢰에 대해 말했다.

"제 부친, 그러니까 김태하 선생의 조부께서 이제 곧 타계하실 겁니다. 그분께선 6.25 참전 용사에 집안과 나라를 일으키기 위해 평생을 쉬지 않고 일해오신 분입니다. 존경을 받아 마땅한 분이시지요."

"전 국회의원 김상뢰 선생님을 말씀하시는 겁니까?"

"…조부님입니다."

"예."

김명주는 태하에게 조부의 유언에 대해서 말했다.

"아버님이 타계하시기 전에 반드시 김태하 선생을 보고 싶다고 하셨습니다. 그렇게 아끼던 명화의 자식이 어떻게 생겼는지 궁금하기도 하겠지요."

"…그래서 저를 이곳까지 부르신 것이군요."

"만약 그에 대한 불만이 있다면 지금 이 집을 나간다고 해도 잡지는 않겠습니다. 다만 아버지가 범한 과오를 되풀이하지는 않았으면 합니다."

"……."

"백부로서 말이죠."

태하는 이 자리가 상당히 불편했지만 눈앞에서 조부가 승천하게 생겼다는데 마음이 편할 리가 없었다.

"어떻게 하실 겁니까? 아버님을 뵙고 인사를 드릴 겁니까?"

"물론입니다. 그게 아들 된 도리인 것 같네요."

"그렇다면 지금부터 말을 놓겠습니다. 괜찮죠?"

"그렇게 하시지요."

김명주는 만약 태하가 불편하다고 자리를 피하면 그와 인연을 끊을 생각으로 지금까지 존대를 해온 것이다.

"네 아비가 우리 집안을 뒤집어놓은 것을 생각하면 아직도 내 속에 피가 맺히는 것 같구나."

"뭐라 드릴 말씀이 없습니다."

"그렇지만 핏줄이라는 것이 그리 쉽게 끊어지는 것이 아니더군. 설마하니 그렇게 강직하시던 아버님께서 이리도 약해지셨을 줄이야. 어쩌면 이것은 처음부터 예견되어 있던 일인지도 모른다. 명화가 사라진 이후로 아버지가 하루가 다르게 늙어가셨으니까."

"……."

"멀쩡히 살아 있는 자식을 호적에서 파낸 아버지가 어찌 제정신으로 살았겠어? 난 아직도 그 생각만 하면 가슴이 찢어지는 것 같구나."

김명화는 사랑과 화합을 찾아서 집안을 등졌지만 그로 인해 아버지와 형제들의 가슴에는 대못을 박은 것이다.

어떤 방면으로 생각하면 김명주의 입장이 이해가 되기도 하는 태하였다.

"아무튼 아버님께서 너를 보고 싶어 하시니 당장 인사를 드렸으면 한다. 앞으로 하루가 될지 일주일이 될지 몰라. 이젠 의사도 장담을 할 수 없는 지경이니."

"알겠습니다. 온 김에 인사를 드리겠습니다."

"그래."

태하는 복잡한 심경에 사로잡혔다.

*　　　*　　　*

그날 정오, 한양 김씨 일가로 종친들이 대거 모여들었다.

오늘 태하가 명화를 대신하여 할아버지와 종친들에게 인사를 드린다는 소식이 퍼지면서 온 집안 식구들이 죄다 모여든 것이다.

꽤 부담이 되긴 했으나, 태하는 의연하게 이 사실을 받아들였다.

삐빅, 삐빅—

태하는 정말로 운명의 순간을 눈앞에 둔 김상뢰의 얼굴을 바라보았다.

얼굴에 핏기가 하나도 없고 눈동자에 샛노란 핏발이 잔뜩 선 것을 보니 정말로 얼마 버티지는 못할 것 같았다.

'극심한 심부전이로군. 심장이 제 기능을 하지 못하니 생명의 불씨도 얼마 남지 않았겠군.'

인생 말년의 말기 심부전은 췌장암 4기보다 훨씬 더 경우가 좋지 않다.

그나마 젊은 사람의 경우엔 심장 이식을 통하여 건강을 되찾을 수 있지만, 몸 상태가 좋지 않은 말년엔 그게 말처럼 쉽지가 않았다.

아마 김상뢰의 장기는 대부분이 생기를 잃어 숨을 쉬는 것조차 힘거운 지경일 것이다.

태하는 씁쓸한 표정으로 김상뢰에게 큰절을 청하였다.

"할아버님, 절 받으십시오."

"…허억, 허억."

그는 손을 들어 종친들에게 말했다.

"나, 나를 일으켜 다오."

"배, 백부님!"

"⋯괜찮다. 절을 받다가 죽어도 좋으니 일으켜 다오."

"예, 알겠습니다."

침상이 70도 정도로 일으켜지자, 태하는 그 앞에 넙죽 절을 올렸다.

그러자 김상뢰가 한없이 환한 미소를 지었다.

"죄송합니다. 이제야 절을 올려서⋯⋯."

"아니, 아니다. 네가 이제야 찾아온 것은 모두가 내 잘못이니라. 그러니 네가 미안해할 필요는 없어."

"예⋯⋯."

김상뢰는 태하에게 가까이 올 것을 청했다.

"이, 이쪽으로⋯⋯."

"예, 할아버님."

그는 태하의 손을 꼭 잡으며 말했다.

"태하라고 했더냐?"

"예, 할아버님."

"⋯내가 죽기 전에 네게 염치없는 부탁을 하나 하마."

"당치도 않습니다. 말씀만 하십시오. 제가 들어드릴 수 있는 것이라면 최선을 다해 들어드리겠습니다."

"부디 남궁가와 최선을 다해 좋은 결실을 맺도록 하여라. 처음부터 쉽지는 않을 게야. 생판 모르는 남과 부부로 산다는 것이 말이야."

순간, 태하는 고개를 갸웃거렸다.

"예, 예?"

"…이 할아비는 네게 다른 것은 바라지 않는단다. 그저 명화 때문에 틀어진 남궁 가문과의 의리를 지킬 수 있다는 것, 그것이면 지금 죽어도 여한이 없겠어."

태하는 이게 도대체 무슨 소리인가 싶어 백부 김명주를 바라보았다.

그러자 그는 그저 고개를 끄덕일 뿐이다.

그는 어쩔 수 없이 김상뢰의 마지막 유언을 받았다.

"알겠습니다. 제가 할 수 있는 일이라면……."

"너, 너는 할 수 있을 것이다. 명화가 어려서부터 무뚝뚝해서 그렇지 알고 보면 다정한 녀석이었거든."

이윽고 김상뢰가 김명주를 가까이 불렀다.

"며, 명주야."

"예, 아버님."

"만약 내가 죽고 나면 재산은 너와 종친들이 모두 똑같이 나누어 가져라."

"예, 알겠습니다."

"…그리고 이제라도 찾은 명화의 집안에도 같이 나누어주기를 바란다."

"그리하겠습니다."

이제 그는 가빠오는 숨을 억지로 몰아쉬었다.

"허억, 허억!"

"하, 할아버님!"

"조, 종친들!"

"예, 백부님!"

"앞으로 너희들도 태하를 명화라 생각하고 잘 대해주어라. 이게 내 마지막 유언이다."

"배, 백부님!"

순간, 김상뢰의 손이 사정없이 떨려오기 시작했다.

"아아, 아아아……!"

"아버님!"

털썩.

결국 그는 숨을 거두고 말았다.

*　　　*　　　*

한강이 내려다보이는 카페 안.

긴 생머리의 북유럽계 여인이 핸드폰 SNS로 채팅을 주고받고 있다.

그런 그녀에게 한 남자가 다가왔다.

"보고서는?"

"서울역 5번 보관함에 있어요."

"알겠습니다."

이윽고 남자가 사라졌고, 그녀는 SNS를 접고 그 자리에서
일어나 돌아서려 했다.

그러나 검은색 선글라스를 낀 남자 두 명이 그녀를 향해
다가왔다.

"…어딜 그렇게 급하게 가십니까, 지부장님?"

"후후, 어딜 가던 그건 내 마음 아닌가?"

"평소와 같았다면 그랬겠지요. 죄를 짓지 않은 완전무결한
당신이었다면 어디를 가도 상관이 없었을 겁니다."

"그렇다면 지금은?"

"자유와는 거리가 먼 인생을 살겠지요."

그녀는 실소를 흘렸다.

"후후, 할 수 있으면 해보시든지."

세 사람은 동시에 주머니에서 권총을 꺼내 들었다.

철컥, 타앙!

모두 동시에 총을 꺼내 들긴 했지만 타격을 많이 입은 것은
두 명의 사내였다.

서걱!

"크허억!"

"으윽!"

그녀는 어깨에 약간의 절상을 입었지만 두 사람은 깊은 총
상을 입어 더 이상 움직일 수가 없었다.

"…재미가 없는 인생들이군. 그렇게 살아서 남는 것이 도대
체 뭐야?"

"쿨럭쿨럭! 청야성이 가만있지 않을 것이다!"

"쳇, 끝까지 발악이군."

그녀는 두 사람의 머리에 각각 총알을 한 방씩 쏘았다.

탕, 탕!

두 개의 숨이 모두 끊어진 것을 확인한 그녀는 유유히 카페
를 나섰다.

*   *   *

늦은 밤, 한양 김씨 일가의 빈소에 조문객의 발길이 뜸해졌
다.

삼 일 밤을 꼬박 지새운 태하는 잠시 시간을 이용하여 담
배를 한 대 피우려 자리에서 일어섰다.

빈소가 마련된 안채 옆에 있는 재떨이로 다가간 태하가 담

배를 한 대 꼬나물었을 때다.

치익.

한 여자가 태하의 담배에 불을 붙여주며 말했다.

"제 비서의 것이라서 좀 서툴러요."

"아, 예. 고맙습니다."

태하는 처음 보는 여자가 자신에게 다가오자 조문객일 것이라 생각했다.

"미안합니다. 금방 끄고 자리로 돌아가겠습니다."

"아니요, 괜찮아요. 천천히 피우고 가요."

그녀는 태하가 담배를 피우는 모습을 가만히 지켜보았다.

태하는 그녀의 그런 시선이 약간 부담스러웠으나 조문객에게 딱히 할 말은 없었다.

그렇게 한 대를 모두 피울 때까지 기다린 그녀가 태하에게 껌을 하나 건넸다.

"씹으세요. 그리 냄새가 심하진 않지만 조문객들이 좋아하지는 않을 것 같네요."

"고맙습니다."

그녀에게서 껌을 받고 나니 이번에는 비뚤어진 넥타이를 바로 매주었다.

"기왕이면 유종의 미를 거두세요. 입관 때까지 잘해야 욕을 안 먹죠. 안 그래도 자신들에게 돌아갈 재산이 당신에게로 일부 갔다면서 종친들의 시선이 곱지 않아요."

순간, 태하의 눈살이 약간 찌푸려졌다.

"…누구십니까? 저를 아세요?"

"당연하죠."

그녀는 태하에게 다가와 어깨에 붙은 먼지를 떼어내며 말했다.

"앞으로 당신의 아내가 될 사람인데."

"뭐, 뭐요?"

"얘기 못 들으셨어요? 우리, 정혼한 사이잖아요."

태하는 그제야 그녀의 정체를 파악하였다.

"그렇다면 남궁……."

"설아요. 제가 남궁설아예요."

162㎝의 적당한 키에 균형 잡힌 몸매, 그리고 기품이 넘치는 이목구비와 순백색의 피부까지 그녀는 누가 보아도 혀를 내두를 만한 미인이었다.

하지만 지금 태하에겐 그녀의 미모 따윈 눈에 들어오지도 않았다.

"정혼이라니……."

"할아버님의 마지막 유언이셨어요. 다 알고 계신 줄 알았는데?"

"그렇긴 합니다만, 조금 혼란스럽네요."

"알아요. 처음부터 적응하긴 힘들겠죠. 하지만 차차 나아질 겁니다. 원래 처음엔 다 그렇대요. 나도 처음엔 기분이 좀 묘했어요. 처음 보는 남자와 결혼이라니… 하지만 받아들이고 나면 오히려 마음이 편해져요. 어떻게 보면 안정감이 느껴지기도 하고요."

"……."

그녀는 태하의 팔을 잡아끌었다.

"가요. 여기서 이러고 있을 시간이 없어요. 빈소를 지켜야죠."

"…그러죠."

태하는 그녀의 손에 이끌려 빈소로 향했다.

*   *   *

늦은 밤, 청림이 혼자서 밥을 먹고 있다.

달그락달그락.

그녀는 불현듯 고개를 들어 창밖을 바라보았다.

"…그날 온다고 하더니 벌써 삼 일째 안 들어오네."

장례식이 있다는 소식을 듣긴 했지만, 그가 없다는 것은 사정을 알아도 쓸쓸하다.

밥을 먹다가 말고 그녀가 탁자 위에 턱을 올려놓았다.

"흠, 언제쯤 오시려나? 미리 마중이나 나갈까?"

그녀는 오늘따라 태하에 대한 생각으로 머리가 가득 차 있었다.

『현대 무림 지존』 5권에 계속…

초대형 24시 만화방

신간 100%, 샤워실, 흡연실, 수면실(침대석), 커플석, 세탁기 완비

■ 시흥 정왕25시점 ■

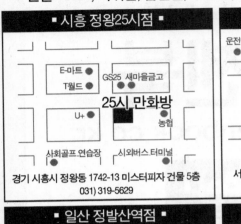

경기 시흥시 정왕동 1742-13 미스터피자 건물 5층
031) 319-5629

■ 강북 노원역점 ■

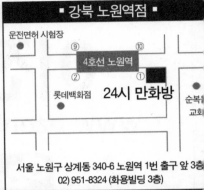

서울 노원구 상계동 340-6 노원역 1번 출구 앞 3층
02) 951-8324 (화용빌딩 3층)

■ 일산 정발산역점 ■

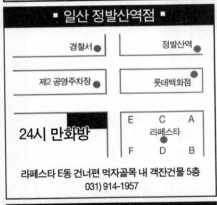

라페스타 E동 건너편 먹자골목 내 객잔건물 5층
031) 914-1957

■ 일산 화정역점 ■

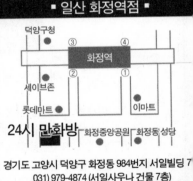

경기도 고양시 덕양구 화정동 984번지 서일빌딩 7
031) 979-4874 (서일사우나 건물 7층)

■ 부천 역곡역점 ■

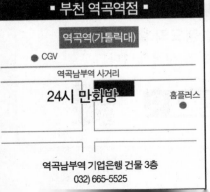

역곡남부역 기업은행 건물 3층
032) 665-5525

■ 부평역점 ■

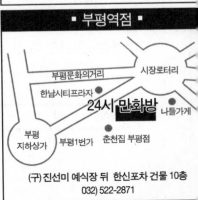

(구)진선미 예식장 뒤 한신포차 건물 10층
032) 522-2871